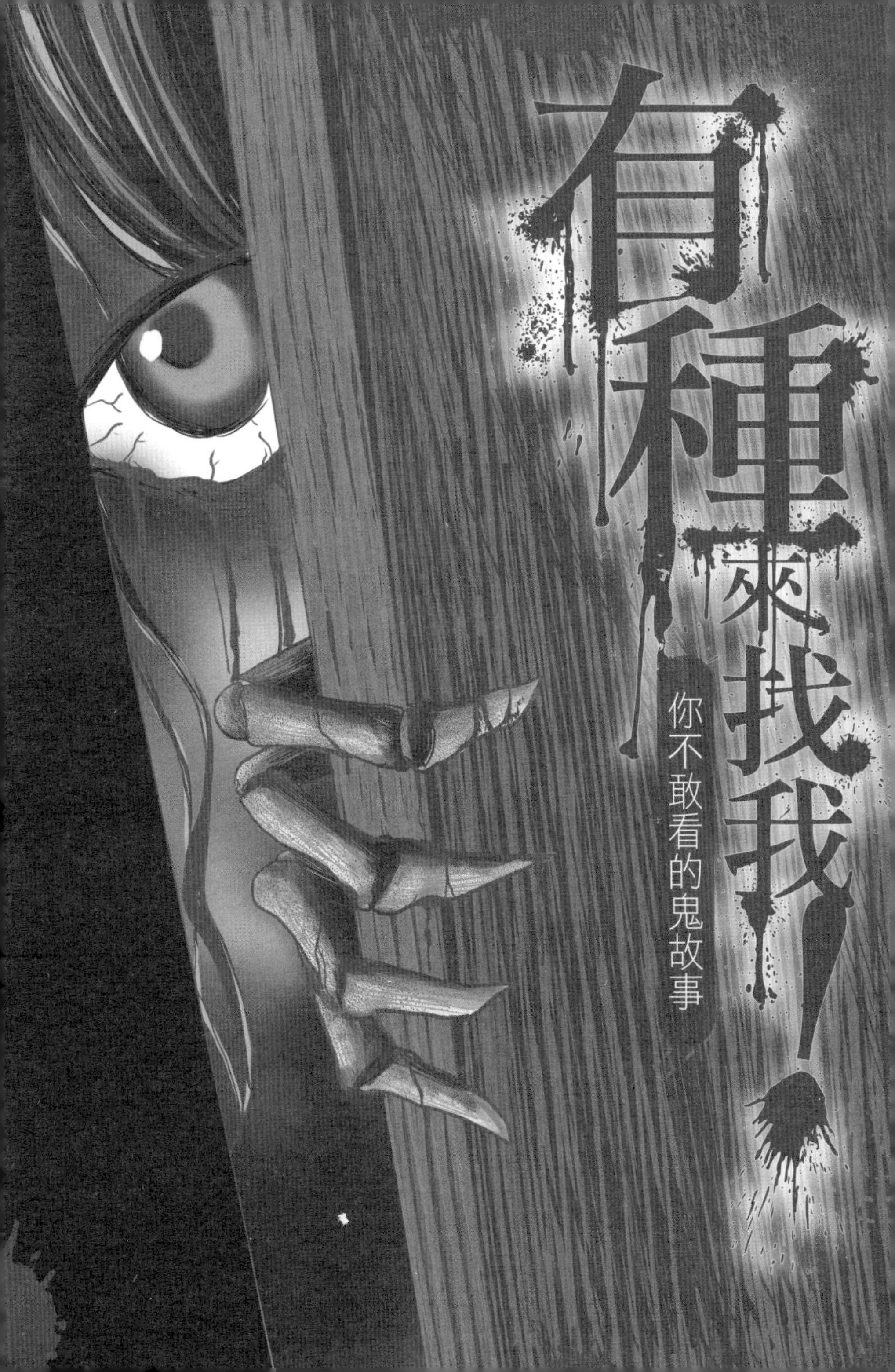
有種來找我！
你不敢看的鬼故事

永續圖書線上購物網 讀品文化事業有限公司
WWW.foreverbooks.com.tw yungjiuh@ms45.hinet.net

鬼物語 01

有種來找我！你不敢看的鬼故事

作　者　雪原雪
出版者　讀品文化事業有限公司
執行編輯　林美娟
美術編輯　翁敏貴

總經銷　永續圖書有限公司
TEL／(02)86473663
FAX／(02)86473660
劃撥帳號　18669219
地　址　22103 新北市汐止區大同路三段 194 號 9 樓之 1
TEL／(02)86473663
FAX／(02)86473660
出版日　2013年10月

法律顧問　方圓法律事務所　涂成樞律師
CVS代理　美璟文化有限公司
TEL／(02)27239968
FAX／(02)27239668

國家圖書館出版品預行編目資料

有種來找我！：你不敢看的鬼故事 / 雪原雪著.
-- 初版. -- 新北市 : 讀品文化, 民102.10
面；　公分. -- (鬼物語 ; 1)
ISBN 978-986-5808-17-4(平裝)

857.63　　102015450

前言

世界上有許多、許多無形的力量，時時刻刻左右影響著我們的命運；小至從一個人的喜怒哀樂、生老病死，大到世界上的天災人禍、生命的苦集滅道，都像是有無數無形的力量推著人類乃至各種生命的前進。

有可能推到了谷底，將各種生命往下拉或往上升。

在人類社會中，無形的鬼魅也是充斥著整個世界。

很多人認爲女性是屬於「陰性體質」，比較容易看的到另一個空間的事情；在宗教上也是說以陰陽眼或是易有感應的都是女性居多，對於這種說法，身爲女性的我抱持著保留的態度。

年輕時我也是個「麻瓜體質」，許多什麼神祕的感應或是第三類接觸什麼的都和我無緣，對許多神鬼之說也都嗤之以鼻；相信在這科學進步的二十一世紀中，凡事都要實事求是、眼見爲憑。

但是，人類的眼睛又能看到什麼呢？太小看不到，別說細菌細胞，就連眼前有著數以百計的塵璊也看不到；太大也看不到，站在自以爲瞭解的地球上，又有親眼看地球過嗎？

眼見爲憑這句話，在二十一世紀也已經不管用了。

許多世界上的先進科學與高等學府的神祕學研究，更是再再的證明靈魂與另一個世界的存在；現今社會的唯物主義已經無法代替一切，太多無法用科學所解釋的事情了！

當然，還是要多作好事，不然夜深人靜時，在各位身後以怨恨的眼神看著各位的那雙眼睛，又怎麼能夠逃避呢？

「光在你們當中的時候不多了！要趁著有光的時候行走，免得黑暗抓住你們！因爲在黑暗裡行走的人，不知道自己往哪裡去。」（約翰福音・12・35）

現代人秉著不信鬼神、自以爲能以科學解釋；自認作著沒做壞事，卻不自覺自己似乎也沒做什麼好事；等到遇到了、看到了，再怎麼鐵齒，也必須要跪下來抱著佛腳、呼天喊地。

那又有什麼用呢？一切也都來不及了。

傾聽自己的心跳，聽著耳邊的聲音，有聽到嗎？有看到嗎？

那個來自心靈最深處、最真實的顫慄聲……

敲門聲

小芹考上了一所不錯的北部大學，雖然是夜間部的，但還算是頗富名氣；為了避免畢業後的學貸過多，小芹開始了半工半讀的辛苦學生生活：白天在某知名連鎖飲料店打工，晚上到學校上課，這樣的生活讓小芹白天八點半就要出門，晚上要到十一、二點才能回到家休息。

雖然很辛苦，但也讓小芹覺得過得非常充實；只是每次一到深夜，住在上面的住戶就會開始吵鬧，不是有桌椅拖拉的聲音，就是有人吵鬧聊天的聲音，吵到小芹無論是寫報告還是休息，品質都大受影響。

這樣的狀況持續了一個多月，小芹的體力也開始有點透支。

先說說小芹住的地方好了。

小芹在開學前，找到了離學校不算太遠、騎車大約二十分鐘的雅房租了下來；看在房租便宜、房東太太只收女學生的緣故，小芹也就開心的租了下來。

雅房的房子看起來像是老房子隔出好幾間房間，專門租給學生的感覺；水和瓦斯費用都包含在內，連網路都有，除了每個房間都使用獨立電表之外，基本上都不太需要額外費用。

這麼棒的雅房，當然讓小芹在開學前就住了進去；這一棟四層樓的建築，房東太太住一、二樓，小芹住的則是三樓的雅房。

開學後的這一個多月來，早出晚歸確實待在房間的時間並不長，和其他住雅房的房客也很少互動，只是偶而點個頭、知道名字而已，多餘的連絡感情什麼的就比較少了；白天工作量並不少，更讓小芹爲了補充體力和趕上學校課程進度，在房間內不是讀書趕進度，就是安靜好好睡一覺。

不知道從第幾天開始，樓上每到深夜就會傳出聲響：一開始只是桌椅拖拉的聲音，後來更是變本加厲，聽起來像是一群人聊天聊很開心，嘻笑聲音不斷；或許是因爲自己住的是最邊間，對聲音特別敏感；正上方的吵鬧讓好幾次熟睡的小芹被吵醒，然後聲音雖然消失，卻也讓小芹的睡眠品質非常得不好！

或許是剛搬進來，比較興奮吧？畢竟自己也是學生，能體會自己住的那種雀躍感；但是連續這樣下來，讓小芹越來越不高興！小芹也曾經反應給房東太太，房東太太也客氣的警告過每個住戶，至少晚上的時候小芹也沒聽到太大聲的聲音，但是一到睡著之後，樓上的吵鬧聲又把小芹吵醒，小芹又好幾晚睡不著了。

忍無可忍的小芹，一天下午剛好白天比較早一點離開打工的飲料店，在一樓門口遇見了正要外出的房東太太。

房東太太看到了小芹，笑笑的問著：「小芹下班了嗎？」但是看到小芹眼眶旁的黑眼圈，擔心的問著：「小芹，妳看起來很累？上課又打工太辛苦了嗎？」

「不，不是打工和上課的關係，」小芹嘆了一口氣說著：「晚上都會被吵鬧聲吵醒，因爲這樣睡不太好。」

「怎麼會這樣？」房東太太皺著眉頭說著：「我已經和大家說了，大家晚上都很安靜啊，怎麼還會晚上吵？」

「是樓上……」小芹不太高興的說：「聲音是從我住的三樓房間上面傳來的，聽起來是在四樓的房間，像是一群學生一直到深夜都在吵鬧，能幫我上去說一聲嗎？已經好一陣子都是晚上深夜把我吵醒。」小芹越說越不太高興的樣子。

01. 敲門聲

「可是……」房東太太尷尬的說著：「小芹妳樓上沒有住人喔！會不會是隔壁的聲音妳聽錯了？畢竟房子牆壁偶而都會聲音傳來傳去，不一定是上面傳來的。」房東太太邊解釋，邊安慰著小芹。

小芹直覺覺得，房東太太並不想處理，這樣子讓小芹很不高興；房東太太趕著出門離開後，小芹走到了三樓租的房間門口，深深吸了一口氣，轉而走到四樓去。

四樓走廊的採光並不是很好，尤其下午的時間光更是照不到，似乎這個時間也沒有幾個房客在；小芹走到了最裡面四樓的邊間，也正好是三樓小芹房間的正上方。

小芹考慮了一下，想敲門又不太好意思；但是忍耐了很久，有點忍耐不下去了！小芹輕輕的敲著門：「不好意思，請問有人在嗎？」

房間內沒有回應，小芹又多敲了幾次，房間內仍然沒有聲音傳出來。

果然沒有人住嗎？小芹下定決心轉了一下門把，發現門沒有鎖，便輕輕推開門往裡面看。

裡面幾乎沒有東西，就只有一張簡單的床和桌子，似乎是只有房東太太每間雅房都會提供的家具，看起來真的沒有人住的樣子；小芹走到房間裡面，發現唯一的窗戶被厚厚的窗簾蓋住、導致整間房間灰灰暗暗的。

小芹東看看西看看，真的沒有人住的感覺，也許是四樓邊間的關係，要租出去也很困難吧？小芹關上了四樓的門，回去自己房間準備晚上去上課。

確定沒有人住，難道是其他四樓房間傳來的嗎？還是晚上會有人到這間房間，才會吵到小芹？不管腦海中有什麼想法，小芹目前是得不到答案的。

這天小芹晚上下課回到家，已經疲累到幾乎想要躺下去就睡的程度；梳洗整理過後小芹就倒在床上，一下子就累到睡著了。

時間一到，樓上又傳來來說話笑鬧的聲音，小芹張開了眼睛，又被吵醒了！小芹有些不悅的嘆了一口氣，拿起手機看了一下時間，又是深夜三點整。

一直以來都是深夜這樣的時間，突然無預警的從四樓正上方傳來這樣的笑鬧聲音將小芹硬生生吵醒！小芹終於忍無可忍，猛然坐起身，打開了電燈後瞪了一下天花板上方。

這種笑鬧聲就像是有一群男性和女性在玩鬧的嘻笑聲，只要吵醒了小芹後又像是說好了一般恢復安靜無聲；剛搬進來的時候並沒有，小芹也睡得很好，但是隨著小芹的生活越來越忙碌，這樣的聲音出現的日子就越來越頻繁，原本一星期可能出現幾次，現在卻幾乎天天深夜就會吵醒小芹！

小芹穿上一件薄外套，打算上樓直接去警告！白天要怎麼吵都沒關係，爲什麼一定要在這時間吵鬧！小芹又疲憊又生氣的走到了四樓。

四樓安安靜靜的，一點聲音都沒有；小芹仔細聽，發現就算有住戶的房間，也只有一點點打呼的聲音，並沒有小芹聽到的那種吵鬧像在開派對的聲音，反而是小芹自己的腳步聲要放小聲一點。

小芹再一次走到了下午去的房間門口，發現房間內並沒有傳來聲音，小芹打開了門向內看。

房間內黑黑暗暗的，就像白天來看到的時候一樣，沒有人住、更別說有聲音了；小芹打開了燈，環顧了房間四週，真的沒有什麼電視或收音機等可能發出聲音的東西。

小芹有些納悶，難道是作夢？因爲太疲累了嗎？這樣的話，難不成一切都是自己太過神經質？一想到這邊，小芹瞬間覺得自己很尷尬，這段時間還不斷的向房東太太投訴，會不會自己太過份了？

突然又傳來了笑鬧聲！小芹聽得很清楚！這次聲音是這一段時間常常聽到的女生聲音！小芹仔細聽，發現聲音這次是從樓下傳來，似乎是自己的房間？小芹小心翼翼得蹲下身，將耳朵靠著四樓的地板。

又傳來了女生的笑聲，還有說話的聲音。

「……她跑到樓上了耶……嘻嘻……」

雖然聽不太清楚，小芹還是聽到了幾句說話的聲音。

「……嘻嘻……還在找我們……有夠笨的……」

「……下次敲門去找她好了……」

聲音確實是從樓下傳來的！難道是跑到了自己房間嗎？小芹瞬間起身，想要下去一探究竟，於是快速的走到了樓梯口。

這裡的樓梯是屬於舊式的，從四樓到一樓的樓梯是直接上來的，站在四樓樓梯口，可以一眼望下看到一樓門口；小芹往下走，卻發現了一件怪事。

原先在三樓以及四樓的中間，多了一扇門；看起來就像是多了一個樓層、像是三點五層樓的感覺。怎麼可能？一直以來都沒有不是嗎？這一扇門看起來非常不起眼，難道說一直都沒發現嗎？

小芹又聽到了嘻笑的聲音，似乎是從門內傳來的；小芹打開了門，走進了這一層樓之間。

這一層樓的格局和自己住的三樓以及四樓的格局幾乎一樣，兩邊都是雅房的房間，門都關上了；走廊的燈也很灰暗，材質裝潢感覺上卻比三樓和四樓還要老還舊，小芹一眼就看得出來並不是自己住的那一層樓。

最裡面的房間又再度傳出了嘻笑聲音，小芹帶著怒意慢慢的走進最裡面。

總算發現是你們在吵了！小芹走到了房間門口，下定決心敲了門！

小芹邊敲，邊帶點怒意的說著：「不好意思！請你們可不可以不要這個時間吵鬧！吵得我都睡不著了！」小芹敲完，發現門內的聲音突然安靜了下來。

應該是有反省了吧？小芹停了幾秒鐘，發現安靜了，打算轉身回去；這時房間內卻傳出來了大聲的爆笑聲！

「來了耶！真的來了耶！嘻嘻！」一個女生的聲音，大聲的笑著。

這次又是一個男生的聲音：「好久沒人來了耶！哈哈！」說完後又大聲的和一群人笑著。

小芹有些火大！轉過身又敲了一次門：「你們不要太過份喔！連續一個月都這樣子吵，會不會太沒公德心了！」小芹一氣之下，發現門把沒有鎖，就打開門想要好好得看看這群沒有公德心的人！

屋內的燈光還算清楚，是個很普通的日光燈照著房間內，裡面的人卻一點也不清楚……

說是「人」也很牽強，只是幾團看起來很像人形的「氣團」，正在搖搖晃晃的抖動著；有很多種顏色，有紅色和白色，也有墨綠色或是淡灰色的「人」在。

小芹有點呆住了，眼前的景像讓自己愣住了，頭腦一片空白。

其中一個白色的「人」邊抖動邊說著：「妳難得來了，要不要進來一起玩啊？」

小芹一聽到那個白色的「人」和自己說話，突然從內心中冒出非恐懼的感覺；直覺告訴自己，眼前這些傢伙，並不是人類！

這時，一個紅色的「人」邊抖動邊「站」起身：「都來了，就讓妳留下吧！」邊說邊靠近小芹，顏色也從紅色慢慢變成黑色……

「不要！——」小芹嚇的轉身就跑！這時候小芹也發現，房間內的人似乎也都跟在自己後面追過來！

最讓小芹驚恐的是，左右兩邊的門都一扇接著一扇打開！到底會是什麼人會出來，也是小芹無法瞭解的，前面就是通往樓梯的門，再跑幾步就可以到了……

「抓・到・了。」聲音傳到了小芹的背後，小芹也發現自己的頭髮被後面的人扯住！小芹的重心瞬間不穩，向後重重的跌倒在地！

「不要！不要！」小芹又痛又怕的想要掙脫，卻發現扯住自己頭髮的力道之大，根本動都不能動！小芹怕的哭出來，不斷的掙扎不讓自己被拖回去！

小芹大聲的哭喊：「救命！我不要！我不要！——」小芹再一次的站起身、奮力掙脫！小芹這次真的掙脫了，聽到自己後方傳來了爆笑的嘲笑聲，小芹哭著打開通往樓梯口的門，慌張的跑向樓梯。

一個不小心，小芹從樓梯間摔下去……

*

等到小芹恢復意識的時候，發現自己在醫院內。

雖然傷勢不重，卻因爲腦震盪的緣故，小芹在醫院昏迷了三天；小芹的父母看到小芹醒了，也高興的問候著小芹，連小芹的媽媽都當場哭了出來。

住院住了一星期，小芹對於當時的狀況，事實上迷迷糊糊的記不太清楚，大家也都認爲是小芹晚上沒走好，從樓梯上摔下去的；小芹那一晚的經驗，也像是作夢一樣似真似假，就算說出去也沒人會相信吧？就連小芹到後來也覺得應該只是作夢，不可能會有這種「多出來的樓層」這一種事情。

小芹好好的休養了一陣子後，又開始恢復了上課和打工；這段時間小芹也沒有再聽到上面傳來吵鬧的聲音，小芹更加確定應該是隔壁棟的聲音，一切都是自己作夢的緣故。

當然四樓和三樓的中間，也沒有那扇奇怪的門。

整件事情，應該到此爲止了吧？

夏天過後的秋天，小芹打工完穿上了薄外套，又在門口遇到了房東太太。

房東太太看到小芹，趕緊問著：「小芹啊，好一點了嗎？」

「嗯，已經康復了。」小芹點點頭，禮貌的回應著。

「那就好、那就好。」房東太太笑著：「怕妳又摔下來，我在樓梯口都有加裝了小型的柵欄，這樣應該就不會再摔下來了吧？」

「不會了。」小芹尷尬的笑著。

自從小芹出院回來後，房東太太特別請人在樓梯口裝上了簡易的木頭小柵欄，那種柵欄原先是用來防止小朋友或是動物摔下樓梯用的；現在爲了小芹裝上去，也算是未雨綢繆吧？小芹有些害羞的笑了笑。

房東太太在門口打掃的時候，這時候從旁邊拿出一些舊的資料；看起來像是年代已久的東西，似乎是房東太太想要趁今天這個資源回收的機會，順便整理出一些舊的垃圾出來。

這時候小芹不經意的撇了幾眼，發現這些舊的信件資料上，有些住址上寫著五樓；是這裡的地址，可是並沒有五樓啊？

「……五樓？我們有五樓嗎？」小芹指著舊信件，好奇的問著。

「什麼？」房東太太看了一眼，恍然大悟的說：「喔！這些舊信件是以前房客留下來的啦！現在三樓住滿了，有些學生想要租四樓，所以最近我都在整理房間，順便把倉庫一些舊東西拿出來丟掉。」

「所以以前有五樓嗎？」小芹還是不懂。

「算是有吧。」房東太太笑著說：「這棟建築物是我爸爸以前的財產！妳也知道以前的人比較迷信，相信『四樓』不吉利，所以就將三樓上面的四樓稱呼爲『五樓』，所以有些資料或是信件都會寫五樓喔。」

房東太太把資料搬到大門口繼續說著：「後來法規有改，我爸媽也死了，我就順理成章改回四樓嘍！不然什麼政府單位會囉嗦，我也會困擾。現在都全面數位化了，當然也就不能以五樓代替四樓了。」

房東太太滔滔不絕的說著，小芹的腦袋則是熱烘烘的。

所以那麼「夢」，自己是到「舊的四樓」嗎？怎麼會有這種亂七八糟的事情？

小芹心情複雜的回到房間內，準備晚上上課的作業。去上課的途中，越想越不對勁，看到了旁邊有間土地公廟，決定到裡面祭拜一下讓自己安心一下；土地公廟內雖然不算是香火鼎盛，但是也是當地民眾喜愛去的地方；小芹想到自己來到這邊幾個月了，都沒有進去拜過，今天也就下定決心進去祈求心安。

點香祭拜後，小芹也去求了籤，籤上寫的是下下籤；小芹拿著籤去問廟內解籤的師姐，師姐很有耐心的解釋著；只是解籤的時候，師姐不只一次的凝視著小芹的臉好幾次，這讓小芹有些介意。

籤內主要是說些要小芹注意身體健康等內容，解籤完後，師姐再一次的凝視著小芹。

「我說小妹妹。」年齡上已經是大嬸的師姐，自然的稱呼小芹叫小妹妹：「妳最近有碰到什麼不順的事情嗎？」

小芹沒有回答，畢竟不知道該怎麼和師姐說明。

「沒關係，凡事也都是有所謂的因果關係。」師姐從旁邊的桌子拿了一個護身符給小芹：「有時候一些業障只是來討業果的，妳就拿著這個護身符，相信神明會讓妳有驚無險。」

小芹說了聲謝謝後，似乎似懂非懂的離開了土地公廟，拿到的護身符順手放到了包包內。

到底是什麼意思？小芹完全的不懂；就這樣過了好幾天，小芹下課後回到了房間內，很快又睡著了。

一到了深夜，嘻鬧聲又出現了！小芹又被吵醒，不過這一次不是生氣，而是感到非常恐懼……爲什麼？不是已經沒有聲音了嗎？爲什麼又出現嘻鬧聲？

最讓小芹害怕的是，這次似乎外面還有人漸漸靠近小芹的門口，這讓小芹嚇的呼吸困難、眼淚在眼眶內打轉……

門把像是被人轉動一樣，不停的動著！小芹已經習慣睡覺前會鎖門，至少外面有人要進來應該是進不來的；深夜會來轉動門把，不管是什麼人都肯定不是帶著善意！

「嘻嘻……上來玩嘛！打開門呀……」外面傳來熟悉的嘻鬧聲。

不要！不要！……想要發出聲音的小芹，喉嚨卻發不出任何聲音出來；這時除了轉動門把的聲音之外，還多了幾聲敲門聲和想要推開或是撞開門的聲音！

「來玩嘛……嘻嘻……」是個女孩子的聲音。

門把越轉越快！像是要將門弄壞不可！

小芹害怕的縮在床上，這時想到了護身符的事情，趕緊從包包內拿出護身符，心中不斷的祈求土地公的守護！

閉上眼睛的小芹，很快的又失去了知覺……

隔天醒來的小芹，發現自己安穩的睡在床上。

難道又是作夢嗎？小芹起身時，發現自己的右手還緊緊捏著護身符，因爲過度出力的關係，護身符被捏得有些變形，手指頭也感到非常疼痛……

這次到底是不是夢，小芹也無法確定；不過之後小芹再也沒有聽到深夜的嘻鬧聲了。

*

多年之後，畢業後的小芹告訴我她的這個經歷，希望能夠有一個答案。

「說真的我也不知道耶。」我有些困擾的抓抓頭髮，苦笑著說：「要說妳是作夢也可以、因爲腦震盪的關係記憶短暫錯亂也可以，甚至說妳本身有夢遊症也有可能！」

「或許吧！後來我固定去土地公廟上香，直到搬離了那個雅房之後，也沒有再聽到任何聲音了。」小芹現在已經是兩個小孩子的媽媽，看得出來當年得事情也沒有再影響到小芹了。

「所以都是妳在作夢嗎？」我好奇的問著。

「不是作夢，這一點我很肯定。」小芹堅決的說著。

看小芹這麼肯定，我又好奇的問：「這麼肯定？」

「當然。」小芹點點頭：「因爲有證據，我不是作夢。」

「嗯？什麼證據？」我真的很好奇。

「因爲隔天……早上我打開門後，看到了門外我的門上，有好幾個帶著泥土的手印，印在門上。」小芹嘆了一口氣說著：「我把手印都擦掉了，那些手印看起來就非常不舒服。」

「這樣啊……」聽到有手印，就令我感到背脊發涼……媽呀，實在太詭異了吧！

和小芹道別後我仍然坐在佛堂，想著這一切的關係。

爲何會有不存在的四樓？爲何土地公廟的師姐說是來討業果的？又爲什麼拜了土地公後就沒事了呢？

我自己是認爲，或許是三樓和五樓間出現了「多」出來的那一層樓，是專門給另一世界的「人」住；也是因爲那樣畢竟不是被允許的，所以小芹向當地土地公報備後，那一層樓的「住戶」才安分一點了吧？

種種的困惑和疑問，答案也只有天知道了。

首落APP

智慧型手機讓大家的生活型態大大的改變了！無論是看小說還是玩遊戲，智慧型手機讓所有使用者都能邊走邊進行；近年來手機螢幕不斷的變大，用來看影片的使用者，更是誇張到整部連續劇都可以用手機螢幕看完。

這次要說的，是從某個朋友那邊聽來，像是都市傳說般的故事。

任何作品，無論是小說、故事、漫畫或是遊戲來說，多半都會有所謂的生命存在；這種說法或許有點誇張，但是如果以『某幅畫或是音樂被詛咒了』這樣的說法，那就比較容易理解。

手機上的遊戲許多也是以APP平台當作發表，付點小小的錢就能下載遊玩，成功的成爲新一代富翁的案例也時有所聞；可惜的是，部分不肖業者利用網路發達這項特點，盜版下載的案例也是層出不窮。

在網路的某些黑暗地方，更有可能碰到受到詛咒的東西。

例如這次要說的：『首落APP』。

某位不具名的大學生，就叫做C君吧！C君平常喜歡遊玩一些黑暗暴力的遊戲：例如殺人、肢解、凌虐等題材的小遊戲或是電腦遊戲等，Ｃ君都愛玩也愛下載後分享給大家。

這原本也無可厚非，人總是需要發洩壓力的嘛！但是Ｃ君有了智慧型手機後，喜歡的ＡＰＰ遊戲卻也都是黑暗血腥暴力類的，常常看他在那滑呀滑的，從興奮的表情看來，越血腥越暴力的遊戲，Ｃ君越是隨時隨地都要玩一下。

一天，Ｃ君將智慧型手機接上了電腦，想在網路上下載看看有沒有血腥影片或是血腥小遊戲，在一些盜版網站上四處的瀏覽；在看完一些小遊戲後，總覺得不夠刺激血腥，便意興闌珊的四處點來點去。

這時不知道怎麼回事，有個訊息突然出現在電腦螢幕上。

『你覺得遊戲很無聊嗎？要不要試試最血腥刺激的【首落】？』

「什麼啊？垃圾訊息嗎？」和廣告不同，這一則訊息是以私人的訊息傳給Ｃ君的，傳訊息的帳號是一個Ｃ君沒看過的帳號。

對於電腦知識，事實上Ｃ君自身還蠻有自信的。用掃毒軟體掃過，這個訊息留的遊戲連結並沒有偵測到木馬程式或是病毒，這讓C君越來越好奇，終於忍不住的點開了連結。

連結點開後的畫面出現了小小的下載視窗，C君也就將這遊戲下載到智慧型手機內。

不用登入註冊、不用付費、沒有廣告，這讓C君直覺賺到了；點開遊戲的畫面，出現了一個黑黑的畫面，中間寫著大大的紅字『首落』。

遊戲內容很簡單，就是拿手指在手機螢幕畫面上畫，在每一個關卡的角色脖子開始左右來回的滑動，遊戲內的角色就會在極大的痛苦和悲鳴中，頭被『鋸』下來。

一開始的人物是以卡通人物或是卡通動物爲主，就算是卡通的畫面，悲鳴和血腥程度都十分的寫實，甚至還可以看到脖子中被切斷顯露出的筋脈……

C君玩的十分高興，看著每個關卡的角色變得越來越鮮活、難度也慢慢得增加；一開始不會逃走的動物，開始會懂得會閃躲、會反擊，C君對於這樣的設定覺得十分高興，玩起來更加得起勁。

抓到動物後往脖子部位用力劃下！鮮血噴的螢幕都是，慘叫聲也越來越真實淒厲，漸漸的，動物變成了更加寫實的人物角色，反應和台詞更加的多樣化，難度也越來越高，C君為了要讓對方的頭被鋸下來，花了更長的時間和精力來進行這個遊戲。

常常一整個下午都在花時間去阻止遊戲內的動物或是人物反擊和逃脫。

過了一陣子，C君就像是完全的著迷了這款遊戲，裡面每一個關卡的動物或是人物都被C君狠狠的鋸下了頭，C君也沉溺在人物死亡時的那種視覺，以及聽覺的享受之中。

C君繼續玩下去，有一天終於成功的將一個很寫實的卡通人物給順利殺死，並鋸下頭來，遊戲上顯示著所有關卡都已經順利通過，C君高興的同時也大失所望，遊戲結束了，難道沒辦法再繼續享受這種快感嗎？

這時遊戲出現了選項，問C君是否要挑戰特殊關卡？C君一看到有特殊關卡，兩隻眼睛都瞬間發亮了！C君豪不考慮的選擇要挑戰特殊關卡，遊戲畫面慢慢變暗後，再顯示時，畫面變成像是真實影像，有一個看起來像是外國的小女孩在畫面內求饒的樣子。

C君看到畫面愣了一下，遊戲這麼逼真，還請臨時演員嗎……但是看小女孩苦苦哀求的模樣，哭得十分的傷心，C君也直覺這會不會是一種犯罪影片？

再怎麼喜歡血腥黑暗的東西，看到了真人出現C君還是打了一個冷顫，小女孩不停的用外語求饒，C君有些覺得不忍心，卻又很想要將這個特別關卡給完結。

很好奇小女孩會用什麼樣的表情和反應來尖叫哭喊？血會噴得到處都是嗎？反正這只是個遊戲嘛！C君還是將手指頭移到了螢幕上。

每劃一下，鮮血就像是壞掉的水龍頭一般，沒有多久，影片中的小女孩就被C君殺死，遊戲畫面也出現了關卡結束的文字。

C君很享受最後面真人精彩的演出，臉上顯現出滿意的笑容。

當天晚上，C君就保持著這樣的笑容，死在自己的臥房內，脖子就像是被自己鋸開，脖子和頭部頸椎早已經被鋸斷；以警方判斷，現場只有C君一人的痕跡，判斷是自殺結案。

智慧型手機螢幕內，卻有一張自己在鋸斷自己脖子時所拍下的照片，似乎照片中的自拍表情是痛苦求饒的，屍體卻是呈現出滿意的微笑……

＊

聽完我朋友跟我說的這個C君的故事，我馬上笑了出來：「這則都市傳說並不可信吧？再怎麼說一開始的訊息、或是下載的電腦IP或是智慧型手機記錄應該都會在的吧？」

朋友搖搖頭：「最奇特的地方就是在這裡，沒有電磁、IP等記錄外，連警察看智慧型手機也沒有那一款『首落』的遊戲。」

「又不是B級恐怖電影，這樣的說法太牽強了！」我還是邊笑邊搖頭。

「妳不相信嗎？」朋友開始說著：「人的思念可以形成一種能源或是磁場，在任何物品上都有可能留下某個人的能量與思念；或許一般人並不會感受到，但是當腦內的電波在某種狀態下，就有可能契合並產生各種不可思議的力量。」

「聽起來很玄又不可思議，那我問你喔！」我手指著朋友說著：「那你告訴我，那個遊戲又是誰開發的？又爲了什麼而開發呢？」

朋友搖搖頭：「誰開發的我並不知道。」說完又一臉嚴肅的說：「但是可以確定的是，開發這個遊戲的人懷著強烈的惡意，並且有所謂詛咒的力量藏在這款遊戲的裡面。」

「是嗎？」我將雙手交叉在胸前，對於他的說法還是不滿意：「詛咒什麼的就更誇張了，這個二十一世紀的時代，還把詛咒藏在遊戲內，太過於可笑了！」

「啊！我忘記說了。」朋友突然像是想到了什麼，神祕兮兮的跟我說：「妳知道嗎？那台智慧型手機除了C君自殺時的照片，還有一張圖片在裡面。」

「什麼圖片？」我歪著頭問著。

「在遊戲結束的最後，有一張圖，圖是一雙充滿血絲的人的一隻眼睛，下面還寫著一行字。」

「什麼字？不要賣關子啦！」我催促著。

朋友小聲的說著：「就是用外國語寫著一行字，經過警察調查是寫著：『接下來自己試試看，快感和快樂將會屬於你。』」

「聽起來是有點毛毛的啊。」我感覺身邊的溫度似乎降下來了幾度。

一個充滿惡意的遊戲，到底是不是詛咒？我也只希望真的不要有被害人出現，讓這故事當永遠的都市傳說就好。

化妝鏡中的後座男子

時常會坐巴士或是客運的我，有時候光通勤來回就要三、四個小時了；在客運上，白天或許還能看看風景、看看書，但是一到晚上，外面的風景也是漆黑一片、若是走在山路上的客運那就更暗了，大部分的乘客也只能玩玩手機或是睡覺，就算拿出平板電腦也是少數幾人而已。

這一次要說的，是一個偏遠路線的客運，快到深夜碰到的事件。

小蜜是個需要每天通勤上下班的上班族女孩，嬌小的身體為了領那數目並不多的月薪，早上就去趕著搭乘客運、晚上又常常加班到很晚，這讓小蜜長期下來精神和身體健康都大大的受到了影響。

這一次假日約她一起出來喝杯下午茶，原本就不是很有肉的小蜜，看起來更是消瘦了許多，嬌小的身體又變得更單薄了，彷彿一陣風吹來就會把她吹倒一樣。

我看著小蜜，有點擔心的問著：「小蜜，妳是不是都沒吃飯？怎麼瘦成這樣子呢？」

「我都有吃呀。」小蜜邊把熱咖啡的糖和奶精放到了咖啡杯內攪拌，一不小心似乎小湯匙沒拿好：「啊！」的叫了一聲，有部分咖啡灑出來。

「唉呀！有沒有燙到？」我擔心的拿著紙巾交給小蜜，小蜜用紙巾將灑出來的咖啡擦乾淨，對我報以一個像是說抱歉的微笑。

「怎麼那麼不小心呢？」我邊說邊拿起我點的美式黑咖啡喝了一口，開始和小蜜閒話家常；在聊天的途中我不斷偷偷的觀察著小蜜，從對話中可以知道：小蜜最近無論是運氣或是身體都不是很好外，想法也負面許多，甚至在一小時的對話中，不斷的重覆抱怨或是厭倦的單字出現。

越是這樣的狀況，小蜜週圍的朋友越不敢靠近她，弄的小蜜平日下班後或是假日也只能面對冰冷冷的牆壁，一個人越來越寂寞、精神反而更加的不好。

從小蜜的對話中，可以感覺的出來小蜜渙散的眼神、以及眉心之間似乎有髒髒、黑黑的感覺；原先以爲是我的錯覺，後來越看越不自然，就算是化妝沒畫好也不可能那麼奇怪吧？

聊了大約一小時後，我終於忍不住問了：「小蜜，妳最近是不是身體不舒服？

還是太過於勞累了呢？妳的……氣色和表情總是感覺讓人怪怪的耶。」

原本嘮嘮叨叨、對話瑣碎的小蜜，像是怔了一下，表情瞬間黯淡了下來；那種有些恐懼又有些害怕的樣子，讓我也瞬間擔心了起來：是不是受到了欺侮？又或者是感情上出現了裂痕之類的？

換我擔心是不是踩到了小蜜的地雷了！那種反應和模樣絕對不是三言兩語就可以形容的……總之，就是很不自然。

假日下午的鬧區非常的熱鬧，尤其是今天的天氣非常好，從三樓的咖啡廳往下看，可以看到來來往往的行人撐著洋傘、手上拿著冷飲的樣子；但是接下來的對話卻讓我從腳底涼到了頭皮上……

小蜜開始告訴我，一個月前下班時碰到的事情。

那段時間小蜜工作的非常累，爲了公司的一個大案子，小蜜總是戰戰兢兢的應付許多公事上處理不完的雜事；公司的上司也知道大家的辛苦，特別會準備咖啡或是提神飲料給大家喝，這樣喝的效果確實讓大家精神稍微好了一點，副作用卻是極大的，只要公司下班精神一鬆懈下來，常常讓小蜜累到一上巴士客運就會睡著。

在離開鬧區之前都是滿滿的乘客，就算上了高速公路也是滿滿的都是人，這讓年輕又瘦小的小蜜也能很放心的坐著閉目養神；下了高速公路後，離回家的路上還是有一段山路要經過，很多時候小蜜也不在意這短短才不到三十分鐘的路程，通常睡了醒來時也已經快到了目的地。

這兩、三年都是這樣搭著巴士客運上下班通勤，累歸累，也還是慢慢的就習慣了這樣的生活。

直到事件發生的那一天。

小蜜那一天加班的特別晚，也在最後的時間勉強搭上了那一班末班公車，說是末班也不是，是那一種爲了過多的乘客在末班車後再加開的班數；和末班車相比，人數在上車時已經不到十幾人，小蜜也是找了一個中間左右的位置坐了下來。

從中間的位置向前望去，前方的客人也像是上班族居多，大部分的客人都是坐著後就像是睡著了。小蜜的後方位置並沒有客人坐，強烈的疲累和睡意侵襲著小蜜，讓小蜜在客運還沒上高速公路前就搖搖晃晃的睡去。

通常會睡到要下車回家的站牌才會醒來的小蜜，在迷迷糊糊之中像是不太舒服，疲累的睜開了眼睛；小蜜望向前方的位置，在離司機開車座位比較近的前面幾排還有三、五個客人，其他整車的客人坐在中間位置的也只剩小蜜一人。

小蜜一直覺得自己的臉上好像有什麼東西，不過用手去揮也沒有摸到什麼，那種麻麻冷冷的感覺像是一種空氣在小蜜臉上徘徊，弄的小蜜很不舒服。

難道是腫起來了嗎？還是過敏？該不會是蜘蛛網吧？

小蜜邊摸著臉頰，邊擔心會不會是被蟲咬了還是怎麼樣，趁著還有一點微弱的路燈燈光，小蜜從皮包內拿出了平時化妝的圓圓小鏡子；從鏡子中看不出有什麼東西在小蜜臉上，除了隱約中看到自己的眼睛血絲比較多之外，並沒有看到有什麼被蟲咬或是過敏的痕跡……

小蜜從小鏡子中，突然看到自己後座坐著一位客人；客人穿著灰色有帽子的連身外套，戴著連身帽頭低低的坐在位置上，隨著客運的節奏左搖右晃的；燈光灰暗又戴著連身帽，小蜜根本連這個客人是男性還是女性都看不出來。

小蜜原先並不在意，只注意著自己臉上是否有東西；小蜜從鏡子中也發現了自己眉心之間好像黑黑的，於是將小鏡子暫時蓋起來，又從包包中拿出了一張濕紙巾，想要將自己臉上看起來黑色髒髒的地方擦乾淨。

再次打開小鏡子的小蜜透過鏡子，當場愣住了！

後座的人像是透過小鏡子瞪著小蜜！那是一張慘白的臉孔，臉上雖然露出了微笑，眼神卻好像是充滿著恨意一樣瞪著小蜜！小蜜從那人的輪廓和外表推測應該是一位年輕的男性，完全沒有印象的面孔；小蜜想要蓋起小鏡子，卻突然發現自己動彈不得！

年輕男性張開嘴巴唸唸有詞，小蜜完全聽不懂；但是小蜜卻感覺的到對方好像看到小蜜很高興……但是，眼神卻像是看著仇人一樣充滿著恨意！小蜜害怕的想要站起身，卻發現自己的身體完全不能動之外，連想大聲呼救也都沒有辦法……

怎麼會這樣子？難道被下了什麼藥了嗎？

年輕男性慢慢的從靠窗的位置，移動到了走道的位置，慢慢的站起身；小蜜的身體就像是不受控制一樣，小鏡子也隨著年輕男性的眼神跟著移動微微調整位置，直到年輕男性站到了小蜜的左後方，小蜜才注意到了，年輕男性張開的嘴巴慢慢流出了鮮血，雙眼的眼白慢慢得變成了紅色！紅色的眼白部分也流下了血水，同樣說著小蜜聽不懂也不瞭解的話……小蜜同時也發現到，照理說應該可以看的到年輕男性的身體，卻發現年輕男性像是只存在小鏡子中，小蜜自己的左後方感覺不到任何人的存在。

小蜜呼吸越來越急促，身體不停的發抖著！想要閉起眼睛卻一點辦法也沒有，只能一直盯著小鏡子中的年輕男性越來越靠近自己……血腥的腐臭味讓小蜜頭又暈又想吐，只能不斷的唸著想的到的佛號或是神明的名字，年輕男性卻仍然無動於衷，越來越靠近小蜜……

年輕男性的頭終於停在了小蜜耳朵旁邊，輕輕的說了一句。

「終於找到妳了，我要妳還我一條命。」說完後，年輕男性張開嘴笑得很大聲，一滴血從腐爛的嘴巴中滴到了小鏡子上……

小蜜後來不記得怎麼了，只知道司機過來輕輕的推了推小蜜，告訴小蜜已經到終點站了，要小蜜下車；小蜜迷迷糊糊的將東西收一收，下了車後打了電話叫家人來接她。

當天晚上，小蜜打開了化妝用的小鏡子，發現並沒有什麼血滴，只有自己夾在化妝鏡中的濕紙巾。疲累的小蜜躺上床後，當天晚上，年輕男性不斷出現在小蜜的夢中，不停的重覆著那句話：「終於找到妳了，我要妳還我一條命。」

已經距離一個月了，年輕男性仍然時常出現在夢中，小蜜的性情也越來越不穩定，似乎動不動就會發怒發脾氣，有時候也會哭著尖叫著醒來。

「有去廟裡拜拜過嗎？」我好奇的問著。

「有。」小蜜點點頭：「不管去宮廟裡收驚，還是去求護身符拿回來戴著，卻還是會常常夢到那個男的……」小蜜說到這裡，眼淚竟然流了下來。

我看到小蜜哭了，趕緊安慰著小蜜：只要問心無愧，任何事情都不會打倒妳；

壓力會造成出現惡夢的情形，年輕男性只是自己幻想出來的，這是心理防衛機制在催眠自己因爲太過於投入工作，所以責怪自己沒時間找個人談戀愛……

宗教也說了，心理學也解釋了，小蜜的心情終於好了許多，最後離開前，我用我的手機和她一起合拍了一張紀念照片在手機裡。

過了一段時間，我也慢慢淡忘了這件事情，直到我去佛堂時遇到了一位劉師兄，和劉師兄談起了這件事。

「方便的話，可以讓我看看相片嗎？」劉師兄很認真的問著我。

「師兄該不會真的認爲小蜜是撞鬼了吧？我看是心理壓力引起的不是嗎？」我邊說邊將手機內的相片拿給劉師兄看。

劉師兄看了相片後愣住了，很嚴肅的跟我說：「如果是一般卡到陰或是撞見不乾淨的東西，通常去宮廟裡收驚或是燒香拜拜都可以解決；妳看妳的朋友印堂發黑成這樣子，連去廟裡都沒有用，看來事情可能沒那麼簡單。」

我聽劉師兄這樣說，也開始擔心：「她又沒有做什麼壞事，是個老實內向的女孩子，又會有什麼不單純的呢？」這個二十一世紀的科學年代，哪有什麼無法解決或是無法化解的呢？

「因果循環，恐怕什麼樣的果，就是有什麼樣的因。」劉師兄將自己的手機拿出來，給我看了一個電話：「這是我在台南認識一位領有天命的師父，妳可以找個時間帶妳朋友去看看；另外我會先將妳和妳朋友的事情跟他說一下，有沒有緣分能幫到忙我就不知道了。」

那天之後又過了幾天，我去小蜜家拜訪小蜜，卻從小蜜家人口中得知小蜜越來越奇怪，最近連公司都打來問小蜜家人，問小蜜是不是精神上有受到什麼打擊？在上班時，有時會無緣無故發脾氣，原先滿臉笑容又有禮貌的小蜜像是變了人一樣，不但會罵人還會亂摔東西，弄到公司內硬是給小蜜放了一段時間的假；小蜜回到家也常常關在房間內，一個人對著牆壁唸唸有詞。

有一次小蜜家人偷聽小蜜到底在說什麼，卻發現小蜜似乎是在跟某個人說一些「不是我！」、「爲什麼找我！」之類的，精神一整天也恍恍惚惚的。

去什麼宮廟求什麼護身符都沒有用，爲了怕小蜜留下「看過精神病」這樣的不名譽事情，小蜜家人真的也束手無策，小蜜媽媽只能每天請觀世音菩薩保佑，但是小蜜的狀況仍然沒有好轉。

「南無大慈大悲救苦救難廣大靈感觀世音菩薩摩訶薩。」我一直聽到小蜜媽媽祈求著觀世音菩薩的慈悲幫助。

或許真的應該考慮看看劉師兄的建議。

在我告知了小蜜家人，台南有師父願意幫忙看看小蜜的情形時，小蜜家人也同意帶小蜜去台南給那位師父看看；一開始小蜜不願意去，還對著小蜜家人大吼大叫的，最後在小蜜家人半哄半騙之下，一家人才開車出發前往台南。

爲了保持自然的態度，我刻意的和小蜜聊天談八卦，小蜜卻沒什麼精神，有時候會對著窗外傻笑，有時候則是對著空氣唸唸有詞咒罵亂發脾氣。

看到小蜜這個樣子，我的內心真的好難過！

『希望仙佛保佑。』我閉上眼睛，默念著祈求保佑。

一到了台南道場的位置，門口已經站著和我談起這台南師父的劉師兄；小蜜似乎也發現是一間道場，開始大哭大鬧，不願意進去，並且威脅著要讓車撞死！看到小蜜這樣我真的嚇壞了！小蜜家人硬是抓著小蜜，在劉師兄的帶路下一起到了台南師父的道場內。

小蜜到了道場內後，看到了神桌的同時，原先哭鬧的情緒也緩和了許多。

道場內很莊嚴也很乾淨，從神桌上可以看得出來，除了供奉觀世音菩薩之外，也有供奉著幾尊道教的神明；台南師父是一個看起來有些嚴肅的中年男子，看了看小蜜一眼之後，先是在神桌前面對著神明唸唸有詞，接著拿起了一杯水，沾了一些水點在小蜜的眉心中央。

我刻意聽了內容，除了大悲咒和楊枝淨水讚、心經等有關觀世音菩薩的祈請文和咒語經文還勉強聽得懂外，其餘部分比較接近河洛話和梵文，我就聽不懂了，看來這位台南師父似乎是個佛道雙修的修行者。

說也奇怪，小蜜被點在眉心之後似乎情緒放鬆了許多，在小蜜爸爸和小蜜媽媽的保護之下，小蜜坐在地上眼神恍惚的看著神桌發呆。

台南師父對著神桌的神明和小蜜說一些我聽不懂的話，小蜜這時也跟著說了那一種我聽不懂的語言，聲音還變成一種很奇特的男性聲音，並且笑得讓我非常不舒服；台南師父之後嘆了一口氣，對著神桌上的神明唸著經文，又繼續和小蜜說著話，就這樣持續了好幾個小時，最後看起來小蜜好像同意了一樣，閉起眼睛癱軟的倒在地上。

這時候放在神桌上小蜜的化妝小鏡子，像是從鏡子中冒出了一滴血水！剛好在鏡子的正中央，那種噁心的暗紅色讓我們在場的人都感覺很不舒服；台南師父用一種水將血水洗乾淨後，將小鏡子放在一個黃色袋子後用槌子打碎，後來聽說我們走了以後放火唸經化掉了。

台南師父給了小蜜家人一些符咒和經文以及一些大悲水，要小蜜家人一定要將這些經文讓小蜜唸，以及七天之後還要小蜜家人帶小蜜再來這邊舉辦一些儀式和法會；最後小蜜家人要包紅包給台南師父，不過師父堅持不收。

這一天後，小蜜像是大病了一場之後痊癒一樣，對於這段時間的記憶十分的模糊，像是作夢般不太記得了；小蜜也遵照了台南師父的囑咐，唸了經文和懺悔文。

小蜜恢復了健康，換了一份像是社會志工的工作，每天過得十分快樂。

之後我問劉師兄，到底小蜜是怎麼了？

劉師兄簡單的跟我說，小蜜幾世前是個軍人，曾經犯下了許多惡因，那個來找小蜜報仇的年輕男性是領過地府允許的怨親債主，是來找小蜜討命的，怨親債主好幾世一直沒有找到小蜜，直到那時小蜜的體力和精神都是最低落時，因果讓小蜜的怨親債主找到了小蜜，決定要讓小蜜的魂魄散盡來還血債。

所以年輕男性看到小蜜時會非常的高興，這個仇恨已經累積了好幾世了。

面對領有地府允許的怨親債主，任何宮廟的神明是無法插手過問的；直到台南師父不斷對小蜜的怨親債主溝通，小蜜家人和小蜜也虔誠的祈求觀世音菩薩的慈悲，小蜜的怨親債主才決定放過小蜜。

如果小蜜這一世再爲惡，一定立刻遭遇橫死的命運，神仙下凡也難救；也因爲小蜜天性善良，這一世願意懺悔做好事回向功德，怨親債主才同意原諒小蜜，放過小蜜的生命。

聽來神奇，但是從頭看到尾的我，卻是一想起全身就雞皮疙瘩！影響我最深的，是我再也不敢在深夜的公車上照化妝用的小鏡子，深怕會有東西出沒在小鏡子中。

那位年輕男子的笑聲，就像是會從鏡子中傳出來……

浴室的換氣孔

浴室天花板的換氣孔一直都在浴室內非常顯眼的地方。

應該是爲了怕浴室內的空氣因爲溫度的關係、而造成換氣不足而發生危險，設計成爲可以掀開來看到上方空間，上方空間也只有排水管，人要躲進去是很困難的；再加上薄薄的天花板，硬要上去更會有掉下來的危險。

空氣的氣壓會讓上方偶而也會傳來奇怪的聲音，還有，若是水管內有水也會造成聲音出現，這些都是屬於科學上能夠解釋的科學現象，並非和神怪有關。

但是，現在要說的，是一個關於浴室換氣孔的奇怪事件。

亞亞是個很愛撒嬌的女孩子，自從和男朋友交往後，很喜歡和男朋友膩在一起，兩個年輕情侶也決定在都市租下某個小套房，一起住在一起爲了未來打拼。

而這個看起來附贈衛浴設備的便宜小套房，也爲兩人帶來了一輩子無法抹滅的恐怖記憶。

真的令人很不舒服。

當初是兩人一起找上這間靠近捷運、隔幾條街也有熱鬧的夜市，全新的裝潢和交通方便的優點、配合並不貴的價格讓兩個年輕人開心的選下了這個小套房；唯一比較讓人介意的是，浴室稍微潮濕了一點，但覺得影響並不大，所以亞亞和男朋友也就很快的搬進了裡面。

亞亞的男朋友小林，為人老實又認真，當完兵後找了一份活動企劃的工作開始就職成為上班族；雖然有時候可以正常上下班，不過遇到了活動或是新的案子的時候，就必須要加班到很晚才能回去；有時候甚至要到深夜才能回去，而隔天一大早又要再趕去上班；累歸累，這份工作小林卻做得很有成就感，也就稍微忽略了還在家中的亞亞，這讓還在讀大學的亞亞總是要嘟噥著幾句。

「你不在的時候人家很寂寞嘛！」亞亞最常抱怨的，就是小林都很晚回來。

「沒辦法的事情啊。」小林溫柔的摸一摸亞亞的頭：「我也是希望可以快一點升遷，如果可以升遷到企劃主任，以後我們的生活也可以大幅度的好轉，未來我們才可以一直走下去。」

小林溫柔又成熟的方式來安慰亞亞，也讓亞亞放心了許多；或許是應該要堅強起來，爲兩人的未來著想才對。

搬進去後一切都很正常，假日兩人也都會到外面約會、看看電影散散步之類的；但是，最讓亞亞覺得怪異的，就是亞亞感覺每一次洗澡的時候，都像有人在看一樣，這讓亞亞有些介意，可是小林卻也都是安慰亞亞，只是亞亞的錯覺而已。

浴室沒有窗戶，自然也不可能會有人從外面偷窺，也不可能會有人走進來，這間公寓的樓下是有管理員二十四小時都在值勤的，安全上也是不需要顧慮。讓亞亞越來越介意的，是浴室上的換氣孔。

換氣孔上是什麼東西都沒有的，就算是小林去將它打開來，除了天花板內是排水管和厚厚的灰塵以及死掉的蟑螂之外，什麼可疑的東西都沒有；也曾經懷疑是不是有可能有什麼偷窺的攝影機之類的，結果用從小林朋友那邊借來的電子儀器去測試，仍然什麼東西都沒有。

雖然大費周章的檢查過一遍了，每一次亞亞晚上想要淋浴的時候，都會感覺到一股不太自然的視線在盯著自己；反而是小林什麼感覺也沒有，就算深夜淋浴洗頭，也是沒有出現什麼異樣的狀況。

久了，小林就不太愛聽亞亞說浴室的事，亞亞也不再去和小林說，自己想忘記卻又覺得那裡怪怪的。

亞亞這樣的情形持續了兩個多星期後，慢慢的因爲報告的進度必須加快，浴室的事情也讓亞亞不再放在心上；小林也因爲公司開始接下許多新的活動企劃，常常忙到深夜才回家，工作的忙碌讓兩人逐漸忘記浴室的事。

事情發生在一個炎熱的晚上。

亞亞在趕報告忙到過了深夜十二點，看了看時間，開始覺得小林不在實在很寂寞，起身想要去沖個澡等小林回來好好的跟他撒嬌；亞亞鬆開了頭髮馬尾上的髮圈，帶著印有卡通圖案的大浴巾往浴室走去。

浴室的燈一亮起，亞亞也沒想太多就走進了浴室打開水龍頭。

在學校一整天的疲累結束後，還要趕一堆報告，忙到了深夜還只有自己一個人在……種種的委屈和負面情緒一瞬間侵襲著亞亞的內心，讓亞亞覺得自己像是孤單的活在世界上一樣，痛苦而扭曲著……

越想越是難過，亞亞不自覺得嘟著嘴。

「嗚咻……」一種像是風聲又像是哭聲的聲音從換氣孔上方傳了過來。

亞亞原本在淋浴，這時候也不自覺得往換氣孔的方向看過去。

「嗚咻……」聲音再一次的傳過來，亞亞直盯著換氣孔看，心中的恐懼感越來越大……

突然！換氣孔的蓋子像是被人移動了一下，露出了微微的空隙……

「哇！——」亞亞顧不得自己身上還濕答答的，跑出了浴室，卻在浴室門口重重的撞到了小林！

「哇！亞亞妳怎麼了！」小林被亞亞撞了一下，抱著亞亞：「妳身體還濕濕的，怎麼這樣跑出來了呢？會感冒的！」

「啊、啊……」亞亞一看到小林，眼淚大顆大顆的流下來：「小林、小林！浴室的換氣孔被打開了啦……」亞亞邊哭邊依偎著小林，把小林身上的衣服也都弄濕了。

「換氣孔被打開了？」小林走到浴室內，看到了上方換氣孔微微的打開，笑笑的指著換氣孔說著：「亞亞妳說這個嗎？」

「嗯！嗯！」亞亞哭著說：「剛剛我在洗澡，就傳出了奇怪的聲音，聽起來好像有人在哭一樣……然後、然後！那個蓋子就像被人打開了！」

「那是風啦！」小林邊笑邊說：「這棟大樓的排水管是彼此連著的，如果有那一樓住戶剛好沖下馬桶，那就會連帶著風壓的轉變，排水管的空間也算是密閉式的，自然就會有風的聲音出現，讓換氣孔的蓋子被風吹動……」

也許是小林的解釋和小林的出現讓亞亞恢復了鎮定，亞亞這時才發現自己一絲不掛，有些害羞的躲在門後面。

「妳先把身體擦乾吧！不要感冒了。」小林笑笑的離開了浴室。

亞亞雖然怕怕的回到了浴室，但是有小林在自己確實放心了許多。

當天晚上亞亞作了惡夢，夢到了自己盯著浴室裡面看，浴室的換氣孔有一個看起來全身腐爛的女人，一直要從換氣孔的部份爬下來；亞亞一害怕就將浴室的門關起來，那全身腐爛的女人像是要撞破浴室的門一樣，不斷的想要打開浴室的門，亞亞只能無助的躲在角落發抖哭泣著……

一個晚上哭著醒來好幾次的亞亞，小林也只能拖著疲憊的身體不斷的安撫著亞亞，直到亞亞睡了小林才再次睡著。

接下來好幾天，亞亞都是等到小林回來後才敢去洗澡；特別是洗自己的長頭髮時，也都仰著頭盯著換氣孔看，深怕換氣孔再一次出現什麼聲音或是再一次移動。

小林一直對亞亞都很包容，就算自己再怎麼累、再怎麼辛苦，也都願意爲了兩人的未來打拼；但是亞亞越來越神經質，常常會對加班回來晚歸的小林發脾氣，睡覺時又一直哭讓小林都沒有睡好，長期下來小林的黑眼圈越來越重，身體也變得很不好，相對的臉色也難看了許多。

重點是，小林在淋浴的時候完全沒有異狀出現，反而在淋浴的時間是小林最爲放鬆的時候，工作的疲累和亞亞的神經質都可以暫時放下。

04. 浴室的換氣孔

「小林！」亞亞突然的叫喚，反而是讓小林嚇到的原因；每過幾分鐘亞亞都會擔心小林出事而叫著小林的名字。

「你是不是不愛我了？」有時候亞亞也會盯著小林的臉看，擔心的問著小林，小林只要稍微有不太好的臉色出現，亞亞就會又哭又鬧。

負面情緒造成的負面氣壓似乎讓兩人不太愉快，有時候兩人也不太說話，深怕一說話就會讓兩人開心不起來。

這樣的生活讓兩人一直都很不快樂；如果沒有讓小林親眼看到不尋常的狀況，小林可能永遠都會認爲只是亞亞神經質。

那天小林和亞亞爭執得很厲害，亞亞認爲小林都只在乎工作，根本不在乎兩人之間的感情，這樣的對話讓小林非常鬱悶，也說了些亞亞太不成熟體貼的話，兩個人對於這樣的爭執都很不高興。

小林看得出來亞亞的表情又煩悶又悲傷，爭執到最後，亞亞什麼話都沒說，轉身走到了浴室內，似乎是想要讓自己冷靜冷靜。

亞亞邊哭邊淋浴，低下頭讓水嘩啦嘩啦的朝頭沖下來；和平常仰著頭看著換氣孔的姿勢洗頭不同，這時候亞亞的內心已經被憤怒和不理性給佔住，根本沒有想到換氣孔的事情。

「啪！」一聲很輕很輕的聲音從亞亞的頭上方傳過來。

亞亞並沒有很介意，而是繼續讓蓮蓬頭繼續沖著自己的長髮，內心想著自己是多麼的無助和孤單……一個人孤單的活在這世界上，沒有人了解、保護自己，就像是一個被遺棄的孩子一樣可憐。

這樣的自己……不如死了算了。

當亞亞一想到這裡時，突然頭皮連帶著頭髮一緊！亞亞發現自己的長髮似乎被什麼東西拉起，被用力扯到上方！

「嗚！」亞亞痛的抬起頭，原本是低著頭的姿勢因爲抬了起來，水嘩啦嘩啦的淋在臉上，在模糊之間，亞亞看到了扯住自己長髮的是什麼東西……

是一隻腐爛看起來像是女人的手，從換氣孔的地方伸出來，扯住亞亞的頭髮！

那隻手看起來就像是亞亞在夢中看到的一樣！

「哇！——好痛！」亞亞痛得大叫！蓮蓬頭的水卻不斷的沖到亞亞的眼睛和嘴巴中，頭髮卻一直被那隻手扯住，不斷的往上拉！水灌到了亞亞的嘴內，讓亞亞又痛又難過，要發出聲音卻發現嘴巴內都是水，聲音發不出來！水從嘴巴內灌到了氣管內，讓亞亞不停咳著……

在朦朧之中，亞亞覺得自己的頭髮整個被提起來，看到了換氣孔中有一張蒼白腐爛的面孔正瞪著自己，那是個腐爛的臉，從輪廓和感覺上像是個年輕女人的面孔，只是腐爛又模糊的肉塊讓臉上充滿著血水及腐肉，讓亞亞看不清楚；最讓亞亞害怕的是這個腐爛的女人，眼中因爲充血而從眼睛中緩緩的流出血水……

充滿恨意的眼神，讓亞亞腦海中充滿著迷惑……

「爲什麼？明明無怨無仇，爲什麼要找上我？」亞亞邊想，邊感到自己的意識越來越模糊……

突然，扯住自己頭髮的力量像是瞬間鬆開了一樣，亞亞跌倒在地上；小林這時候從旁邊扶起亞亞，亞亞似乎是失去了意識。

原來是小林聽到了亞亞的叫聲，硬是打開了浴室的門；在打開門的一瞬間，小林確實看到亞亞的頭髮有一部份被扯進了換氣孔，然後亞亞像是被什麼力量鬆開了，整個人摔倒在地。

要是小林沒有親眼見到，一定還會以為是亞亞太敏感，太過於神經質，根本不會相信亞亞的話；換氣孔上面根本不可能藏人，要躲在上面或是將人拉上去根本是不可能的事情。

經過這件事情之後，沒多久兩個人都搬離了那邊，結束了小套房的租屋生活；兩人的生活也漸行漸遠，最後以分手收場。

事隔多年，我會聽到這個故事，也是因為同樣在佛堂內聽到的。

將這故事親口告訴我的，並不是亞亞，而是小林；據小林所說的，兩個人搬離那邊後有討論過，就再也沒有提過小套房浴室的事情。

我看著小林問著：「是不是有可能是因為心理因素，才會出現的幻覺、幻聽呢？」

「幻覺幻聽有可能會把人拉到天花板內嗎？」小林不高興的說著：「那一次經驗以後，我和亞亞也是交往不順利，沒過多久總感到個性不合沒有辦法相處，最後也就分手了……這樣想想，我可能是第一個因爲靈異事件而分手的情侶吧！」

「應該不算是吧……」面對著苦笑的小林，我也只能跟著苦笑。

或許，以後我也不敢看著浴室的換氣孔也說不定；我真的很怕也有腐爛的人躲在天花板內、將我的頭髮往上拉，直到我心臟麻痺死去爲止……

光想就害怕。

午後的朋友

大家是否有聽過嬰兒或幼兒會和「床母」玩，自己一個人玩得十分開心的說法嗎？

也或是聽過孩子們都有一個想像中的朋友，一起陪伴孩子們長大的故事嗎？這一天，我聽到了小傑媽媽跟我說的故事；一個小男孩和他的朋友的故事。

小傑是一個五歲的幼稚園小朋友，平日若是幼稚園下課後也都是由媽媽來照顧，父親則是個普通的上班族，夫妻住在父親的祖產老房子中，和叔叔、伯伯之間相處得還算愉快。

據說小傑祖父的祖父，有從事一些與宗教相關的事務，老房子的前廳放著一些已經無人祭拜的神像，也沒有人處理就放在那邊；小傑的父親或是長輩也沒人想要去處理，反正放在那邊也相安無事。

幼稚園是四點下課，小傑的媽媽將小傑接回家後，忙著家務事的時間就讓小傑在房間內自己玩，要準備著七點後小傑父親下班的晚餐外，有時也要一起準備還沒結婚的大伯小叔的晚餐，是個很忙碌的家庭主婦。

老房子雖然陽光都照射的到，但是歲月的痕跡仍然隱藏不住：斑剝又發霉的一些牆壁、灰暗又潮濕的廚房、有些廢棄的房間……有時回音的現象也是讓人感覺到不太舒服。

放學後的小傑在房間內看著電視，卡通頻道播的節目常常讓小傑一個人在房間內乖乖的坐著，也不會妨礙到小傑媽媽處理家務；小傑真的很乖，一個人乖乖的等著媽媽做完家事。

「媽媽！我跟妳說唷！大頭每次都會找我聊天，還會說故事給我聽喔？」

「大頭是誰呢？」小傑媽媽笑著問小傑。

「大頭是我朋友！」

這幾天，小傑都會在晚餐的時候和媽媽說，小傑媽媽和爸爸也是微笑著和小傑討論學校的事情，享受著童言童語的天倫之樂。

連續幾星期後，小傑父母親也不以爲意，孩子們在學校和小朋友交流也是一種成長；慢慢的到了暑假期間，幼稚園放假的時候，讓小傑更常在房間內看著電視。

小傑仍然會在吃晚餐的時候說著大頭的事情。

「大頭說我的身體不好，要我好好注意。」小傑在吃晚餐的時候突然這樣對著爸爸和媽媽說。

「亂說話！」小傑的爸爸訓斥道：「小孩子童言無忌！不要亂講話！」

「是真的！」小傑嘟著嘴說：「大頭還說，如果身體不好就要帶我走！」

小傑媽媽問著：「走去那裡？」

「大頭他說……」小傑歪著頭想著：「好像說，要帶我去什麼地下吧？什麼有一個地下的世界。」

「誰家的孩子這麼會亂說話！」小傑爸爸有些不高興的說：「現在的父母親教孩子都不會教嗎？這是些什麼話？教了孩子再來教壞小傑！」

小傑媽媽摸摸小傑的頭說：「那個叫大頭的孩子還小，以後不要聽他亂說話知道嗎？」

「可是……」小傑嘟著嘴說：「大頭每天下午都來找我，他說他本來就住在這邊，要我聽他的話。」

聽小傑這樣說，小傑爸爸和媽媽互相看了一眼，難道說家裡有誰跟小傑亂說話嗎？

「是大哥嗎？還是小弟？」小傑爸爸皺著眉頭問著小傑媽媽：「下午的時候會有誰去房間找小傑說話嗎？」

小傑媽媽搖頭：「大哥和弟弟不是都很晚下班嗎？連晚餐都不常在家裡吃，又怎麼可能下午會回來找小傑說話？我也都沒看到啊！」

小傑臉色一沉，和小傑說著：「小傑，如果有什麼不認識的人和你說話，你不要理他，知道嗎？」

小傑有些不高興的回話：「可是大頭是我的朋友，而且他最近幾乎每天都來。」

「你說的大頭，是因爲他頭很大的綽號嗎？」小傑媽媽耐著性子問著小傑。

「是因爲他只有一個大大的頭！沒有身體！」小傑大聲的回話。

＊

「孩子們在成長的過程，會渴望有人和他說話、交流遊戲；在這樣的心理需求下，自然而然由內心所反射出的渴望，會成爲一種幻覺，無形中就好像有一個看不到的好朋友在陪伴著孩子一樣。」

我以心理學的角度來解釋這一件事情，我不希望小傑媽媽太過於介意。

小傑媽媽欲言又止，吞吞吐吐的對我說：「那麼看不到的朋友，我也看到了，那樣的話算什麼？」

壓力所造成的幻覺、疲憊所產生的錯視、恐懼所投射出的心理反射、心理防衛機制、被小傑的言論所下的暗示造成的集體錯覺……

這些我都沒有說出口，靜靜的繼續聽著小傑媽媽說著後面的情形。

＊

小傑媽媽會刻意的、在每天下午小傑對著空氣說話時觀察著小傑；小傑很自然得對著「朋友」說話，有時討論著卡通故事情節，有時又像是聽著別人說話一樣，靜靜的聽著點點頭。

連續幾天下來，小傑媽媽偷偷跟小傑爸爸說出這樣的狀況。

「也沒什麼了不起吧？」小傑爸爸笑笑的說：「小孩子不都是這樣嗎？我小的時候還自己自編自導，好幾個超人玩偶就可以上演一部電影咧！妳小時候不是也都會和芭比娃娃說話梳頭髮嗎？」

「是沒有錯啦。」小傑媽媽不好意思的笑了笑後，臉色有點擔心的說：「可是……看小傑和看不到的朋友說話說的那麼自然，我真的有些不舒服。」

小傑爸爸皺著眉頭說：「聽妳這樣說我也是有些不舒服，那個朋友『大頭』真的很奇怪，說要把小傑帶走什麼的，真的很莫名其妙。」

「會不會……」小傑媽媽有點害怕的看了小傑爸爸一眼。

「別胡思亂想！我在這邊長大住了三十多年，還不是健健康康的！」

看小傑爸爸的態度，小傑媽媽嘆了一口氣後沒有再說什麼。

接下來的日子小傑也是表現正常，只是偶而仍然對著看不到的朋友說話聊天，慢慢的小傑爸爸和媽媽也就習慣，反正到了開學後，小傑留在房間內的時間也會減少。

「大頭，媽媽和爸爸都不喜歡我說到你……你不要生氣，這樣很可怕。」

「你想要吃東西？……那個不能吃，吃了人就死掉了。」

「我不能跟你一起出去玩……不要生氣，我不能出去。」

小傑媽媽仔細聽，就會發現小傑的對話並非完全是高興的；這個看不見的朋友並非完全是爲了小傑著想。

小傑媽媽曾經試著下午時間帶小傑出去，但這也不是長久的方法；曾經也想過要帶小傑去看家庭科醫生，看看是不是有些精神上的問題？卻被勃然大怒的小傑爸爸給強烈反對！

「年紀這麼小看什麼精神科！留下記錄以後人生怎麼過！」

經過這次小傑爸爸罵人之後，小傑媽媽不敢再開口。

除了出門，還找有空的親朋好友下午時來家裡玩；小傑媽媽甚至有時家務也帶著小傑做，盡可能減少小傑獨處的時間，來讓小傑遠離這一位看不到的朋友。

「媽媽……大頭說他很不高興……」

有一天，小傑對著媽媽說完後，就躺在床上睡著了；等到小傑媽媽發現，小傑已經發了高燒，送到醫院時小傑的精神一直都很差。

燒到了四十度，連大人都受不了了，更何況只是個五、六歲的小孩！在高燒中，小傑有時會喃喃自語，「大頭不要生氣」之類的夢話。

吃了退燒藥的小傑這幾天身體也慢慢的好轉，小傑媽媽仍然是時常注意著小傑，三不五時的過去房間看一下他，小傑還算安穩的睡著午覺；小傑媽媽也就趁著小傑睡午覺的時候多整理家務。

突然，小傑的房間內傳來尖叫聲，聲音是小傑發出來的！小傑媽媽嚇得立刻丟下衣服跑來房間，一進房門當場嚇得臉色蒼白！

爲什麼叫作大頭呢？半空中浮著一個看不清楚臉部的『頭』，大小大約是人頭的三倍；頭部以下的脖子部分像是被扯斷了一樣，黑黑的斷裂部分彷彿還看的到暗紅色的頸椎……

眼睛的部份像是個窟窿一樣，深深的黑色像是要將人吸走一般；此時此刻的大頭正浮在半空中，低著頭看著小傑。

小傑媽媽說不出話來，雙腿不停得發抖；原本想要當場狂奔逃離，卻因爲想要救小傑，鼓起勇氣向前踏了一步。

大頭像是發現了一樣，瞬間轉過頭看著小傑媽媽！

腐爛的臉部瀰漫著惡臭，一塊一塊的血肉模糊，讓腐爛的臉部滴下血水；張開嘴的大頭，嘴內也像是黑洞一樣，慢慢的『飄向』小傑媽媽。

噁心、恐懼造成的耳鳴，讓小傑媽媽快要暈厥了！但是小傑媽媽顧不得一切，大聲喊出聲音！

「不准傷害小傑！給我滾開！」小傑媽媽完全不顧自己，用身體抱住了躺在床上的小傑！

大頭張開口像是在笑，嘴中腐爛的血水滴到了床單上……

後來怎麼了，小傑媽媽並不記得很清楚，等到清醒時，小傑媽媽緊緊的抱著小傑躺在床上，就像是夢醒了一樣；放在烤箱中的魚也已經焦黑，當天也只有小傑爸爸吃得下那隻焦黑的烤魚。

原本以爲只是一場夢的小傑媽媽，卻發現床上有一灘黑色的髒痕跡；就像是大頭流下來的血水一樣……

那天之後，小傑父母將床單整組丟掉，並且帶小傑去收驚拜拜；小傑的身體好了起來，也開始回去了學校上課，小小年紀的他，已經不太提起大頭的事情，就好像是大頭的事情從沒發生過一樣。

大頭再也沒有出現過了，小傑也很健康的長大，今年都要升上高中了。

因爲這樣的機緣，小傑父母親也開始有了信仰，因緣際會的告訴我這一個令人不太舒服的故事。

「我只能說母愛真的很偉大，危險的時候您也能奮不顧身呢！」我邊對著小傑媽媽說，邊看著小傑媽媽的表情。

小傑媽媽看著我：「我不知道那個大頭到底是神還是魔，也不知道祂到底是要什麼東西；我只知道，祂始終都在那裡。」

「在哪裡？」我不解的問著。

小傑的媽媽苦笑著對我說：「就在妳的後面啊……祂最喜歡聽我對別人說祂的故事了……聽過這故事的人，都能感覺到祂的存在，甚至是能看到祂呢！妳轉過身就能看到了喔！」

登山客

登山是一種運動，更是一種挑戰。

每年都有成千上萬的登山客向著各種山頂前進，有些人帶著征服的心情、有些登山者是帶著挑戰的心情，而帶著朝聖心情登山的人更是多數；登山和一般運動不同的地方，就是一般運動越是豐富經驗的運動選手越是駕輕就熟，運動起來更是無比的習慣與放鬆；登山則是不同，越是老經驗的登山者越是敬畏，準備的東西往往是更多更齊全，甚至更多是「有備無患」、「帶著心安」的宗教物品。

曾經問過登山的朋友，只是一座小小的山，爲什麼要準備那麼多東西？除了各種裝備和大量乾糧外，甚至還有急救藥品、感冒藥、胃藥等；有宗教信仰的更是佛珠、咒文，轉法輪、大力金剛咒文、往生被……等都帶上山去。

「山上有著許多不可思議的事情。」雖然有很多不同的答案，但是大部分的回答都離不開這樣的內容。

讓我想起還是學生時代的時候，認識的潘同學。

潘同學和我一樣，學生時代常常到山上去健行；說是去健行，也是因爲山也不高，大家嘻嘻哈哈的走個半小時、一小時就能到山頂，所以都說是健行而不是爬山。

潘同學是個很外向、交際能力極強的學生，更懂的日文、韓文外，還是在補習班打工的英文老師，是個集聚知識和國際觀的現代年輕男性；走到那裡都背著大背包，大背包內有著好幾本書和一堆東西，又重又大的背包就像是他的註冊商標。

今天的健行，他也是一樣背著大背包，讓我忍不住開他玩笑。

「潘同學，你那個大背包看起來放了不少東西，難道想要在山上住上一個月嗎？」我邊說邊拉一拉他的背包，真的重量不輕。

「不可能住一個月啦，」潘同學邊說邊打開他的背包，拿出一包乾糧餅乾說著：「這包餅乾如果慢慢吃，應該可以維持二十天生命……」

「你可以不要那麼認真回答我的玩笑話好嗎……」我頭上冒出了三條線，這麼認真回答，我反而覺得又尷尬又好笑。

「有時候，在山上還是不要亂開玩笑比較好。」潘同學笑笑的說著後，又揹起背包向前走。

天氣很好，也不會悶熱，涼爽的風吹起來特別的舒服；大約走了一段路後，在某個定點休息著，大家也三三兩兩的到處閒聊著；我打開水壺喝了一口水，發現潘同學正將背包放下，整理著背包內的東西。

我走到潘同學旁邊問著：「怎麼了？要把不要的東西整理出來丟掉嗎？」

潘同學搖搖頭說著：「怎麼能丟，我是來清點東西的，萬一上山後碰到什麼事情，也可以馬上作回應。」

「你也太誇張了吧！」我邊笑，邊輕輕推了潘同學一下。

「誇張嗎？」潘同學也笑一笑，從背包內拿出了水壺喝了一口水後，若有所思的說：「我來說說我親身的經歷吧。」

「親身經歷？」我一時之間無法會意過來。

「大約是在幾年前，我還是大學新生的事情吧。」

潘同學開始說起了當年的事情……

06. 登山客

那一年，潘同學就像是一般登山的初學者一樣，很簡單的就輕裝上山；雖然有被朋友叮嚀，說登山要多準備一些東西以防萬一，但是年輕氣盛的潘同學並不放在心上，背包內只放了一件外套和一包餅乾、以及超小盒的迷你藥膏，配上一瓶不到一公升的瓶裝水就出發了。

那天也同樣是個天氣溫和的早晨，潘同學和其他同學一起往山上前去；這座山從開始爬到登頂只需要幾小時的時間，任何登山初學者都可以爬得很愉快。

沿途潘同學和朋友間有說有笑的，也拿著相機四處拍照；時間很快的就到了中午時刻，大家也預先就計畫好在山頂吃午餐。

潘同學和朋友不知不覺中落後了許多，和前方的隊伍越來越遠；也因為同行的朋友中有來過幾次的經驗者在，落後的狀況也就不太受到前方隊伍的注意；就在快到山頂的時候，一個叉路讓潘同學他們一時之間走錯了地方。

「咦?是這條路沒錯嗎？」其中有人提出了質疑。

「是吧!你看這條路是往上的，前面還有人不是嗎？」後面有聲音傳來，大家往前看，果然在前方的路上有幾個背著包包的登山客繼續往前進。

大約有三個人吧？其中一個人背著藍色的大背包，這在充滿綠意昂然的山上十分的明顯。

「反正往山上的路只有這一條，另一條是往山下的，跟著走不會有錯的啦！」後面又傳來這樣的聲音，似乎讓大家也慢慢的心安定了下來。

越往上前進，山路就越不好走，路兩旁的雜草也越來越高；原本輕鬆的健行開始變得十分的辛苦，大家的話也越來越少；潘同學轉頭看了看旁邊的朋友，感覺起來朋友的表情也嚴肅了起來。

「依照時間應該也快到山頂了，怎麼兩旁的樹木越來越高大？還一堆雜草是怎樣？」終於有人抱怨了起來，「馬的，到底知不知道路啊！」

「先不要生氣。」潘同學看那人火氣那麼大，趕緊打圓場：「剛剛不是有人說只有一條路到山頂的嗎？不然問看看有爬過的人好了。」潘同學看向那位有登過山頂經驗的同學：「阿誠，你不是來過嗎？」

阿誠搖搖頭：「我是去年有跟大家登過山頂一次，可是……」阿誠也轉過頭看著大家：「剛剛不是有人大聲的說跟著前面的人走嗎？不是有人知道路嗎？」

「對啊！剛剛說走這條路不會錯的是誰？」大家也東張西望的互相看著對方，現在在這麼詭異的地方，大家的心思也都有些混亂。

突然吹來一陣冷風，原先晴朗的天氣開始下起了雨；大家趕緊把雨衣穿上，沒帶雨衣的人也拿起了帽子戴上。

因爲這陣雨，讓大家的火氣越來越大！

「剛剛到底誰大聲的說走這條路沒錯的！」有人受不了對著大家咆嘯！但是似乎沒有人要承認。

「啊！你們看！」突然有人指著前方不遠的距離喊著：「那些人是不是剛剛我們看到在前面走的人？」

距離他們前方大約五、六十公尺的不遠處，有幾個人繼續往前進，其中一人仍然背著顯眼的藍色背包。

背著藍色背包的人停下了腳步，轉過頭看著潘同學一行人；那人臉上毫無表情，看了他們一眼後繼續往前面前進。

「繼續跟著他們不會有錯的！走了啦！」後面又傳來了聲音。大家仔細的聽這個聲音，是個年輕的男性聲音，卻似乎是不認識的聲音。

「有誰知道路嗎？」阿誠又轉過頭看著後面，卻沒有看到有人承認。

「是不是有什麼通訊裝備？打個電話問一下吧？」有人問著，同時拿出了行動電話，無奈都是無訊號的狀態。

到山裡應該要使用無線電的裝備吧？雖然有人這樣想著，卻誰也沒有說出口；怎麼可能會想到，在這個幾小時就可以攻頂來回的小山，會發生迷路這樣誇張的事情？想想都覺得好笑。

「往回走吧！總感覺不太對勁……」有人提出了這樣的建議，並且轉過頭想要往回走……

但是剛剛走來的山路，不知道什麼時候，已經被高到一個成年男子腰部高度的

06. 登山客

雜草群給擋住了去路！原本還有一點點山路樣子的道路，早就被埋藏在雜草中，看不出來那一邊才是正確的山道。

「咦！怎麼會這樣……」一群人面面相覷，愣在原地。

這時，突然像是變天一樣，大雨大到淋濕了大家的衣服，風也強得有些誇張！明明應該只是下午的時間，光線卻灰暗到像是快要晚上了一樣！

雨越下越大，讓所有人的衣服和裝備都淋濕了；尤其潘同學，除了擋雨的帽子之外，根本沒想到要帶著雨衣。

「現在怎麼辦？要繼續走嗎？應該快到上面了吧？」大家都慌張了起來，圍成一圈想要確定狀況。

想要往上走，情況卻是莫名的詭異，很明顯的，這裡不可能是大家原本要來的山頂；往回走也是讓人氣餒，這對體力和精神上都是一大折磨。

該繼續走還是往回走？一時之間大家互相看來看去，決定不了主意。

「跟著前面的人走吧，不要再拖拖拉拉的！」聲音又傳了出來！這一次的聲音聽起來很憤怒，也很著急，這讓所有人的臉色瞬間變得更是難看。

潘同學和所有一起的隊友也才七人而已……這次幾乎都是面對面，潘同學和大家也都看得很清楚，彼此有沒有說話……很明顯的，剛剛都沒有人張開口說出那句話。

那麼說這句話的到底是誰？一瞬間，有幾個人的心理開始毛了起來。

「繼續走不好，我們往回走。」有經驗的阿誠回過頭看著大家，看到有幾人的表情很難看也很驚恐。

在大雨一直下的山區，大家確實已經又疲累又驚慌。

「幹嘛往回走！」其中一位男同學持著相反意見，「我們不是都有看到前面有人在往上走嗎？爲什麼突然要往回走！我全身都濕了耶！」

大家一起往回去的路看去，雜草之外又都是泥土，回去恐怕是一場極耗費體力的硬戰；再看看往山頂的路，除了有路之外感覺起來好像也安全許多。

「不知道大家有沒有發現，」一位戴著眼鏡的同學說著：「我的電子儀器和指南針都感覺故障了，這附近的磁場似乎不太正常。」

指南針不停的以逆時針方向慢慢的轉動著，就像是四周圍都是磁石吸引著一樣。

「走了，該往回走了。」阿誠催促著大家，有幾人跟在後面往回走，也有幾個人停在原地，像是在考慮該不該繼續往上走？

「我不要往回走！要往回走你們自己回去！」持反對意見的同學想要繼續往前面進行，也有幾個人想要跟著他繼續往前進。

「等一下！」那位要往前走的同學突然背包從後面被抓住！「分開走是最忌諱的事情！」原來是潘同學抓住那位同學的背包，讓大家也都停了下來。

「往前面走不就可以到達山頂了，爲什麼還要往回走？」一陣紛爭，讓大家都處於亂哄哄的狀態！

這時阿誠大聲的說著：「不要吵！不然就用表決的！」

就在大家心不甘情不願的情形下，大家也都舉起手來。

「三比四！那就往回走吧……」阿誠正要轉身時，當場愣在那邊！

七人之中，突然出現了一位臉色蒼白，沒有見過的人。

「我讚成大家繼續往前面走……」這個聲音，就是之前後面一直出聲音卻沒看過的「隊友」……

裝扮是很普通的格子襯衫，背包是藍色的；就是之前遠遠看到的那個藍色大背包的款式，那是一眼就可以辨認的顯眼款式。當然不能以背包就來判斷對方，可是這個一路上，都沒見過這一個人。

正在想是不是新同學時，潘同學注意到了！

眼前這位格子襯衫的男性登山者，臉色蒼白之外，眼睛的瞳孔似乎顯現出略爲暗紅色的瞳孔顏色；長褲則被像是大量血跡染過一樣，黑色的長褲某些地方呈現出接近黑色的暗紅色污漬。

「不，我們要往回走。」阿誠直接回應這位男性。

格子襯衫的男性臉色瞬間變了！

依照潘同學當時所見的狀況，是這位格子襯衫男性臉部極度扭曲，張開嘴咆嘯著！從眼睛像是流出了暗紅色的血水外，張開的嘴也像是一個黑洞一般，看不見牙齒或是舌頭的部份！

就是黑黑的，什麼都沒有。

在場的所有人似乎也都看到了這個奇特的人，大家的表情也很驚恐！雨一直淋著大家的臉，像是淚水夾雜著汗水一樣往每個人身上流下……

不決定不行！阿誠深呼吸了一口氣。

「走了！往回走！」阿誠轉過身，鎮靜的往回頭路前進；其他人有些驚慌失措，想要用跑的離開，卻也被幾個人給牽住手，慢慢的往回走。

七個大男人就這樣手牽著手，在大雨的山區慢慢的回去；隱約中還可以聽到憤怒的咆嘯聲！

「繼續往前走啊！你們不要回去啊……」

往回走了大約三、四十分鐘，大雨停了以後露出了溫和的陽光，天空的烏雲也早就散去，就像是完全沒下過大雨一樣。

大家又累又驚恐，七個人牽著手走回了原來的山道上。

「喂！你們沒事吧！」突然山坡上有人叫著他們！這一叫讓幾個學生害怕得抖了一下！

原來是登山社中的學長，正從上坡慢慢的跑向他們。

「你們怎麼那麼慢？都已經過了午飯時間了！」學長有些責備的口吻：「你們怎麼全身濕濕的？跑去下游溯溪了嗎？」

「不是，這是剛剛的大雨弄濕的……」阿誠邊說，邊拿起毛巾擦了一下臉，疲憊的說著：「我根本沒有想到會突然下起那麼大的雨。」

「大雨？」學長仔細看了幾人：「要不是你們有人穿雨衣，我還真的不相信！我們走的地方並沒有下雨，你們到底在哪一區碰到的雨？」

「那邊。」阿誠指向他們回來的方向，「那邊不是有一個上坡可以上去……」話還沒說完，阿誠和潘同學也愣住了！

那裡來的上坡？根本什麼路都沒有，看起來像是一個山崖，走過去就會掉下去沒命了！

學長看了看他們，突然一陣雞皮疙瘩：「幾個大男人手牽手的突然消失一個小時，又全身溼答答的回來……夠了，不要說了，快點到山頂集合。」

潘同學他們這時才發現還沒鬆開彼此的手，這時也都放開了手，尷尬得笑著跟著學長往山頂前進。

才過了一個小時嗎？潘同學發現自己戴的手錶已經過了三個多小時，但是也只有去的七人時間有多出來，對於這個世界來說，時間也只不過過了一小時而已；這段消失的一個小時，許多人是不會相信他們的說法的。

或許登山社的其他人只相信這七個「好朋友」，到森林裡去玩七個小矮人的遊戲吧……

聽潘同學說完後，我和潘同學兩個人都沉默了一小段時間。

「真的很不可思議。」我聽完潘同學的「親身經歷」，要不是我知道他不是會編故事的人，我也是會覺得他是去玩「七個好朋友」的遊戲；畢竟這個故事對我來說太離奇、太過於誇張。

「後來他們也幾乎不再登山，只有我帶的裝備越來越多。」潘同學將背包揹起來，「我後來換大背包，打死我都不要用藍色的。」潘同學說完後，跟著我一起往山上前進。

山頂的風景真的很漂亮，從山上的視野往下看，有各種植物和昆蟲，讓人覺得有許多生命是要好好珍惜的；山上的空氣和氣氛也都很好，這一天中午和大家野餐的經驗也是非常愉快的。

下山後，潘同學點了點我的肩膀，示意我跟著他過去；山下出口的告示牌，貼著幾張失蹤者著相片。

「就是這一位，在我們遇到他之前，他就失蹤好幾年了。」

我向著潘同學指的相片，看著這位格子襯衫的男性。

看起來很斯文也很有精神，失蹤的日期剛好是他十九歲時的相片，當時他是個前途光明的大學生。

「走吧！大家要集合了。」潘同學說完，一個人小跑步的往大家集合的遊覽車跑去；我也有些緊張，卻不自覺的轉過身看向告示牌旁邊的方向。

一位像是穿著格子襯衫的男性，從不遠處看著我；那個眼神極度的哀怨，臉部也感覺到十分的扭曲，就像是強忍著憤怒一樣。

我低著頭，快步的跑向遊覽車，心中不斷的唸著阿彌陀佛……

山上的事就留在山上吧。

狗狗不要叫

狗狗一直都是人類忠實的朋友，無論主人是好是壞、是美是醜、是聰明還是愚笨，狗都會忠於主人，隨時等待主人的叫喚。

我特別喜歡狗，尤其是那呆呆又老實的模樣，舌頭總是吐出來、要東西時伸出腳掌，那種貪吃又期待的眼神讓我真的非常喜歡；在眾多大型犬和中型犬以及小型犬中，我最喜歡的就是米格魯。

米格魯有一種名字是「英國獵兔犬」，也俗稱小獵犬，天真可愛的模樣充滿著好奇心，嗅覺和好動力也是一等一；在國際機場也會看到特別的小獵犬，由海關人員帶著緝查毒品或是偷渡食物的樣子；近年台灣也致力研發利用狗的溫馴和能力，來去治療樹木或是帶去老人院來陪伴老人，這些新聞也時有所聞。

這次要說的故事就是和米格魯有關，充滿活力和行動力的小獵犬，能夠保護主人不受到外來的侵擾。

民間傳說：狗的頭蓋骨部位可以接觸到另一個空間的電波，人類看不到、聽不到的，狗卻仍然可以看的到也聽的到；甚至有人說，狗可以聽到勾魂使者帶著鎖鏈的聲音，當夜晚聽到狗在「吹狗螺」的時候，就是附近有人要被帶去地府接受審判了……

是真是假不得而知，不過這裡要分享一個可愛的狗狗故事。

鈴鈴住在中部的一間透天別墅，由一樓到四樓都是獨棟的房子，一樓是客廳和廚房、二樓和三樓各有兩間臥室分隔在兩邊，鈴鈴就和家裡人住在一起、後來認識了現在的丈夫，當時還是未婚夫妻的兩人就像現在住在三樓靠樓梯的那一間臥房。

兩人當年交往沒有孩子，養了一隻米格魯，這隻米格魯叫作小栗，是隻貪吃又膽小、卻很黏鈴鈴的米格魯小姐；當年小栗還很小的時候我有抱過牠，幾年之後見面卻還記得我！對於這隻小米格魯，我是真的很喜歡，對牠這種好吃又充滿好奇心的樣子，我真的覺得好可愛！

小栗真的很可愛，也很受鈴鈴他們的疼愛，只是，小栗有個壞習慣：那就是小栗總是對著樓梯口叫，而且都是在晚上沒有其他人在家，只有鈴鈴和小栗單獨在家的時候，小栗才會對著門口樓梯亂叫。

這讓鈴鈴有時候會害怕，制止小栗亂叫後將門鎖起來，把自己鎖在房間內；幾次這樣的狀況後，鈴鈴對於小栗這樣的行爲，越來越不滿意也沒有耐性，只要小栗又對著樓梯叫，鈴鈴就會大聲的罵小栗。

鈴鈴的男朋友有時候和鈴鈴家人加班到深夜才回家，經營工廠的家族小企業讓鈴鈴家人總是比起其他員工還要晚下班，適逢大月的時候，更是讓鈴鈴常常一個在家；鈴鈴對於家族經營的工廠完全沒有興趣，也就寧可和小栗在家裡等家人和男朋友下班。

如果說住的地方乾淨，倒是沒問題，一家人住在三樓倒也是安安靜靜、相安無事；但是就是因爲剛住進這房子時，有個師父說什麼這地方不太乾淨，屬於陰氣容易聚集的地方，就在大家商量下，在一樓設了一個小型的神桌供奉神明。

家人也因爲這樣的說法，顯少在入夜後到一樓去，反正二、三樓也有浴室和廁所，實在沒有必要在晚上的時候，去這個讓人覺得不自然的一樓；就算去一樓廚房，也都是兩人以上一起過去。

搬來也住了兩年，大家也都遵循著晚上不要到一樓的默契。

但是第二年，有一件事情讓鈴鈴嚇到哭出來，也被帶到廟宇去收驚；等我開始虔誠修道後，鈴鈴才有機會告訴我當天到底發生了什麼事情。

那是搬來後的第二年夏天，一個詭異的夜晚。

鈴鈴一個人用著電腦、看著電視，等著男朋友和家人下班一起共進晚餐；之前就和男朋友說好了，工廠的大月慢慢的逼近，訂單也越來越多，至少在週末的時候可以回來陪鈴鈴一起吃晚餐；可是當天臨時工廠接到緊急的單子，讓鈴鈴一個人有被放鴿子的感覺。

「不是都說好了嗎？為什麼突然說要加班到晚上十一點呢？」鈴鈴沒好氣的對著手機說。

「沒辦法啊，那個客戶突然很緊急說趕著要貨，又說願意加錢；你大哥和老爹基於是大客戶，也只好答應幫他們趕工。」電話內傳來鈴鈴男朋友的聲音，聽起來一樣很無奈。

「怎麼這樣子呢？不是都說好了嗎？」鈴鈴越聽越不高興，口氣也很不好：「這樣子辛苦加班不都是爲了家裡生活快樂不是嗎？現在這樣不是都本末倒置了嗎？」

「妳也多體諒一點，這樣辛苦也都是爲了未來打拚啊！妳這樣太任性了！」鈴鈴的男朋友也忍不住說話口氣嚴肅了起來，「我們那麼辛苦工作，妳連等一下都不願意嗎……客戶在催了，我不說了。」鈴鈴的男朋友說完，掛上了電話。

「喂？喂！」鈴鈴知道被掛上了電話，心情不好的將手機丟在一旁，「好討厭！說話都不算話！」鈴鈴心情不好的趴在床上，內心有些不太開心；想到不開心的地方，鈴鈴的眼淚大顆大顆的流下來。

小栗走到了鈴鈴旁邊，像是在安慰一樣的舔了舔鈴鈴的手，轉了一圈發出了「嗚」的聲音看著鈴鈴。

「妳在安慰我嗎？真是可愛！」鈴鈴邊摸摸小栗的頭，心中感覺到非常的安慰；就算男朋友和家人都不在家，至少還有小栗陪同著。

心情不好的鈴鈴轉了轉電視，看了一陣子覺得又無趣肚子又餓，關上電視後看了看時間發現已經過了十一點，鈴鈴這時肚子開始餓了起來，決定到一樓的廚房去弄一點吃的東西。

原本不太想去，但是肚子實在太餓了……爲了晚上要一起吃飯，一整天鈴鈴都沒什麼吃東西，已經餓到胃開始有點痛，真的忍不下去了！鈴玲看了看小栗，反正有小栗陪伴，應該沒關係吧！

樓下一樓黑黑的，鈴鈴和小栗慢慢的走到了下面一樓廚房，打開了電燈看了一下廚房內的冰箱，雖然滿滿的有很多菜，鈴鈴卻沒有心情料理；嘆了一口氣後打開了一包泡麵，倒了熱水蓋住後坐在椅子上等。

鈴鈴越想實在越不開心……今天原本想要好好的一起共度晚餐，結果家人都不在，連男朋友都要丟下自己一人……

又想到悲傷的地方，鈴鈴的眼淚又大顆大顆的掉下來。

「喀！喀喀！」突然傳來了奇怪的聲音！

「汪！汪！」小栗像是對著廚房外面的門叫著！瞬間讓鈴鈴覺得有些可怕！廚房連接著後門的門突然像是有人想開啓一樣劇烈的動著！

透過窗戶，鈴鈴可以看到後門外面並沒有人，鈴鈴打從心底感到莫名的恐懼，這讓鈴鈴全身瞬間打了一個冷顫！轉頭就往樓梯口跑去！

「汪！汪！」小栗又叫了幾聲，也轉身跟著鈴鈴一起跑上樓梯！鈴鈴緊張的跑到了二樓樓梯間，才想到了手機放在泡麵的桌上！這時候小栗也跑到了鈴鈴腳邊，繼續對著樓下叫著！

雖然害怕，可是沒有手機萬一發生事情怎麼辦？一定還要去把手機拿回來才行！鈴鈴轉過身想要跑回一樓去拿手機，卻聽到了很清楚的「喀喀喀喀」的聲音持續的傳過來……

一樓有一團黑影出現，順著樓梯慢慢的往上爬……鈴鈴愣住了！那個黑影慢慢變成了一個穿著黑色衣服的女人模樣，那套黑色衣服又破又髒，看得出來女人的皮膚呈現灰紫色的樣子；頭上似乎還有一團黑色的面紗，遮住了女的臉。

我的天啊！別說是人是鬼，這到底什麼東西啊！

女人趴在樓梯上，邊發出「喀喀喀喀」的聲音，漸漸的爬上來……

鈴鈴頭腦一片空白！強烈的恐懼感讓鈴鈴發抖、看著這個女人慢慢爬上，鈴鈴想要也叫不不出聲、想要移動腳卻移動不了！

女人臉上的黑色面紗就像是消失了一樣，露出了女人的臉。

女人這時抬起頭看向鈴鈴！鈴鈴看到女人的眼睛部位空洞，就像是兩個黑洞在臉上一般，臉上皮膚也是慢慢的冒出了令人作嘔的咖啡色液體。

刺鼻的味道撲鼻而來，是種令人作嘔的味道！一種像是生肉腐爛的臭味……

不要過來……不要過來！鈴鈴想要叫出聲音，卻發現聲音卡在喉嚨內，只能眼睜睜的看著女人慢慢的從一樓爬到了二樓；距離鈴鈴的位置也越來越近……

「喀喀喀喀」女人邊爬，邊發出惡臭和噁心的聲音。

又難熬又無法專注精神，像是要暈厥過去一樣，眼看女人快要爬到了鈴鈴旁邊，距離只剩幾步的距離……

「汪！汪汪！——」小栗大聲的叫了出來！

鈴鈴聽到小栗的叫聲，精神爲之一振，像是大夢初醒一樣，身體也可以動了！鈴鈴轉過身向三樓跑去，小栗也跟著鈴鈴一起往上跑！

原來小栗一直都守在鈴鈴身邊，小栗邊跑邊叫著，鈴鈴快速的回到了臥室門口，想要關上門時，卻發現小栗還停在三樓樓梯口對著下面叫著！

「快點進來……小栗！」鈴鈴非常害怕，卻又不願意關上門讓小栗自己在外面，「小栗！快點！」鈴鈴又害怕又緊張，聲音都在發抖著。

小栗繼續狂叫著，突然停了一下，朝著鈴鈴的房門衝回來；鈴鈴也注意到了，那個女人已經爬到三樓的樓梯口了！

女人一到三樓，竟然站起身，跟在小栗的背後追過來！

「哇！——」鈴鈴哭著叫出聲音，那畫面實在太過於可怕了！

小栗快速的跑到了臥房內，鈴鈴也趕緊關上將門鎖上！鈴鈴一關上門，就抱著小栗躲到房間的角落中，看著房間的門。

房間的門外，就像是那女人在外面轉動著門把，不斷發出「喀喀喀喀」的聲音；鈴鈴抱著小栗不停的發抖著，就怕什麼時候女人就會衝進來；小栗在鈴鈴懷中也不敢動，將頭埋入鈴鈴的懷中似乎也在發抖著。

「喀喀喀喀」的不斷發出令人毛骨悚然的聲音，轉門把的聲音也越來越用力，甚至還用力到門都劇烈的搖晃起來！

「喀喀喀喀」配上門「碰碰碰碰」的聲音，鈴鈴還像是聞到那個臭味一樣！味道像是傳到了房內了……

「不要！不要過來！——」鈴鈴忍不住大叫了出來！

門劇烈搖晃、門把也快速的轉動後，突然什麼聲音都消失了。

門把沒有再動，門也停止了搖晃，就像門外什麼也沒有一樣。

一切恢復了平靜。

鈴鈴仍然害怕，抱著小栗坐在角落看著房間的門，很怕那女人打開那扇門跑進來。

突然門鎖被解開，門被打開了！

「哇！——」鈴鈴嚇的大叫！小栗還是窩在鈴鈴身上發抖！

「幹什麼？叫那麼大聲？」

鈴鈴鎮靜一看，發現是男朋友；男朋友走到了鈴鈴身邊問著：「怎麼了？怎麼坐在地上哭了？」

鈴鈴放開小栗，抱住男友哭著，不停的哭著……

＊

「後來怎麼樣了嗎？」我邊喝著咖啡邊問著鈴鈴。

「後來我也不太敢一個人在家，我寧可跟著他們一起去工廠。」鈴鈴平靜的說著：「只是，以後我看到小栗對著空氣叫，我都會很害怕……」雖然表情很平靜，但是還是可以從鈴鈴的眼神中看的出來恐懼。

神桌的神明又開光了一尊，似乎只供奉一尊並不夠；而那個奇怪的女人也沒有再出現過。

那女人是什麼東西我也不知道，而鈴鈴的家人對於鈴鈴的故事，都當作是她作夢沒有當真，唯一相信的，就是小栗真的很喜歡對著沒有人在的地方叫；至於那一碗泡麵也被回來肚子餓的鈴鈴大哥吃掉了。

聽完鈴鈴的故事後，以後看到狗在叫，我也不敢隨便亂看了。

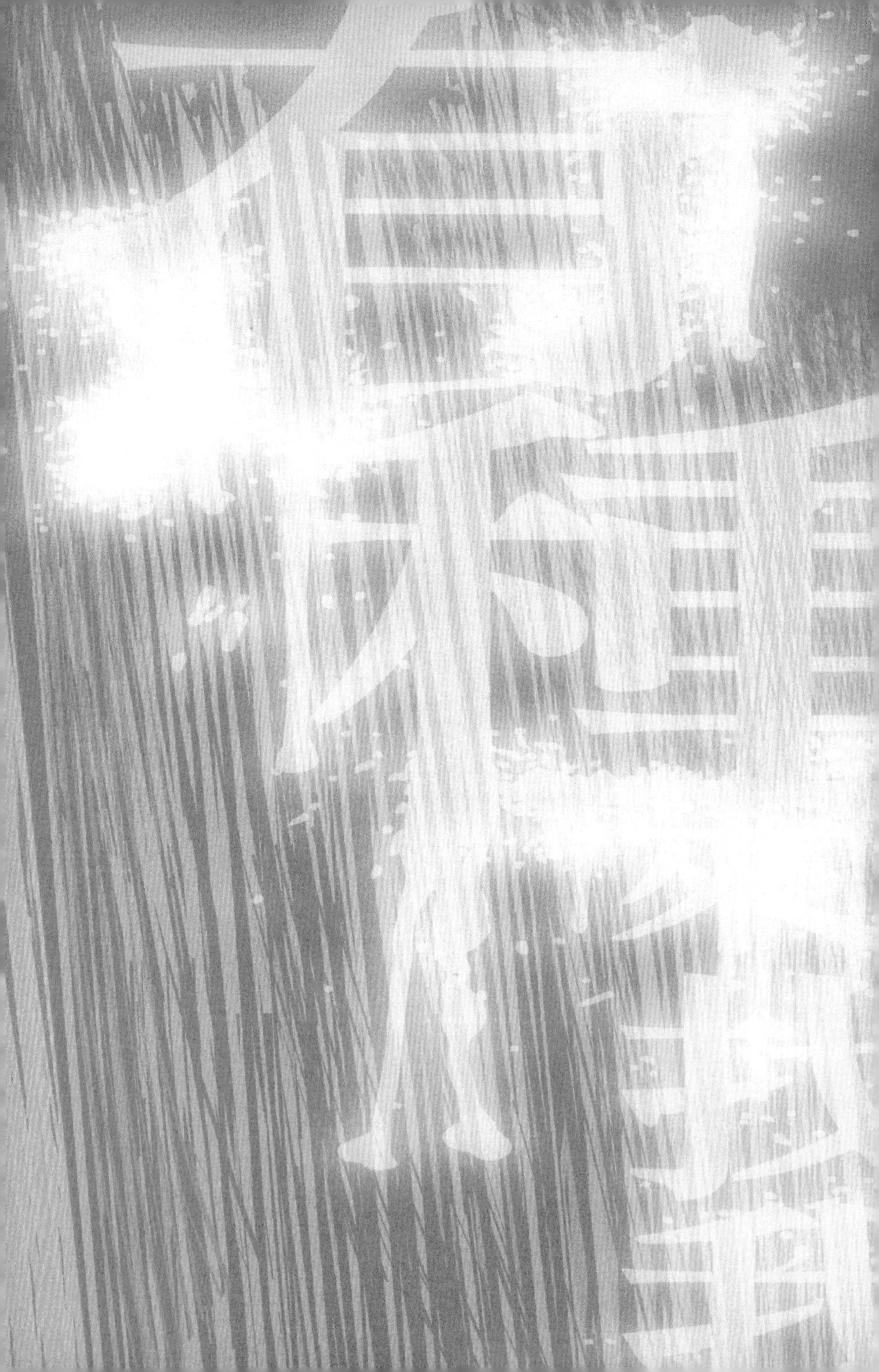

視訊中

一個炎熱的午後，我和幾個朋友一起見了面開心的聊了起來；有些朋友一年真的見不到幾次面，一聊開了，彷彿就有說不完的話。

晚上一起前往一間網路上評價還不錯的火鍋店，不但是吃到飽，肉片和海鮮的品質也非常的好；在聊的途中，有人聊起了現在智慧型手機的發達，已經大量取代了網路上視訊聊天的功能。

「視訊嗎?我絕對不會去用那種東西。」突然，旁邊的好友飯糰開口說了這句話，這讓現場的朋友們面面相覷。

飯糰是個一百八十公分，有些胖胖的男子，時常自嘲自己是個宅男、對於現場的氣氛通常也都是聽和附和居多；沒想到今天竟然一句話讓現場冷下來，這也是讓我們這些認識他許久的朋友們錯愕的地方。

「視訊聊天也不錯呀!幹嘛要這樣煞風景……」其中有一位女性朋友忍不住抱怨了一下，嘟著嘴白了飯糰一眼。

「抱歉，我不是有意的。」飯糰苦笑了一下，拿起果汁喝了一口，「因爲一提到視訊聊天，我就有一個很不願意去想起的回憶。」

「什麼回憶？跟你視訊聊天的女孩子實際上也是一個宅男嗎？」一位男性朋友開玩笑問著。

「比那個更可怕。不要問……你真的會怕。」飯糰對著男性友人說著。

我也笑笑的說：「說吧！這裡人那麼多，分享一下有多可怕嘛！」

「對啊對啊！說出來有多可怕啊！」其他人也附和著，聽到飯糰這樣說，我們更想要知道了。

「說啦！說啦！你長那麼胖還怕什麼啦！」一位男性友人催促著，其他人也跟著起鬨了。

飯糰又苦笑了一下，將他視訊的事情告訴了我們。

聽完後，我們的頭皮都發麻了……

＊

飯糰和我一樣，是當年留學日本的同學之一；但是飯糰並不是住在宿舍，而是和幾位好朋友一起租房子分攤房租。

當年飯糰和他的女友分隔兩地，爲了要省下電話費和保持戀愛的關係，飯糰和女友都約好要常常視訊聊天；爲了能夠確保視訊的方便，飯糰也購買了不錯的視訊鏡頭來聊天。

雖然三個人分租，但是三個人都有獨立的房間，也不用太擔心隱私權的問題；飯糰住在最右邊的房間，中間住著台灣的朋友，最左邊住著一位韓國的朋友。三個男生一起住也相安無事，只是韓國的室友聽說有養貓，所以貓毛掉了許多，讓其他兩人稍微唸了一下。

這裡要稍微說明一下，飯糰的房間有個很漂亮的落地窗，可以將窗簾打開後看到外面的陽光；照理說這樣的房間應該沒什麼大問題的，卻因爲有飯糰的親戚說，台灣有師父請了守護神跟去那間房間，所以要飯糰晚上不要隨意打開窗簾，免得被嚇到。

到底會被什麼東西嚇到先不談，聽到親戚這樣講，飯糰還是將那漂亮的落地窗拉起來，盡可能的不拉開窗簾；聽親戚是怕晚上的窗戶反射到房間內會嚇到，也或許是外面有什麼東西，反正就是說的含糊又不清楚，能避免就避免。

日本語文學校上課的時間也只有半天，飯糰早上上完課後，就會和台灣同學一起回到住處；韓國同學則是很愛往外面跑，有時三、五天也看不到人。

就這樣，不開窗簾視訊聊天的日子，倒是過的也很單純；台灣同學忙著在自己房間內玩線上遊戲，彼此間也沒什麼問題。

直到某一天晚上，開心的視訊聊天瞬間變調……

那一天晚上，大約晚上十點多，飯糰和女友聊的正開心，隔壁的台灣朋友大朱也是玩線上遊戲玩得很開心，那是個很單純的夜晚。

飯糰邊用視訊和女友閒話家常，也因爲是用筆記型電腦，一直坐著很不舒服，飯糰就將筆記型電腦放到了自己床邊，並將房間內的電燈關上，趴著用視訊跟女友聊天。

聊的都是一些閒話家常的話題，誰又怎樣、哪個人又白目什麼的，時間也慢慢過去，很快的飯糰發現，已經聊到了深夜快要一點；女友這時候說有點睏了，想要去休息，起身離開了電腦到浴室去。

飯糰的精神卻還是不錯，打算等女友睡覺後，再看個幾部動漫，因此下意識的將滑鼠移到了下方，想將自己視訊的視窗關掉，這時候看了一下自己的視訊畫面。

一瞬間，飯糰愣住了。

視訊軟體在畫面上會有兩個畫面，大的畫面是飯糰看女友的畫面，因爲女友不在位置上，所以只看的到女友的房間；小的畫面是反射出自己的樣子，飯糰可以清楚的看見螢幕上自己的模樣，就像是照鏡子一樣。

雖然畫面比較小，但還是可以看得非常清楚，在房間的左後方角落，有一頭飄逸的長髮。

原先以爲看錯了?飯糰看著螢幕中自己的畫面，確實是清清楚楚的，一個像是女人頭髮的長髮，正不停的像是隨著風一樣飄動的。

從腳麻到頭皮的飯糰，在那一刻才知道，這絕對不是錯覺!房間內並沒有打開落地窗，更別說有風會吹進來；角落原先只有衣櫥，更撇開是假髮或是什麼毛衣的可能性……而且，飯糰本來就沒有假髮這種東西！

房間的溫度不但感覺瞬間降低溫度變的寒冷，飯糰拿下了耳機，更是感覺安靜的可怕；看著像是隨著風飄啊飄的頭髮，飯糰根本不知道該怎麼辦。

想回過頭去，卻又怕那個「頭髮」靠近自己……頭腦正陷入混亂的飯糰，突然從螢幕上發現一件逼迫自己不得不作回應的事情。

那「頭髮」，正從後方慢慢的朝自己的方向蠕動過來！

背對著那片「頭髮」，飯糰只感覺到自己的後方似乎有人在看著自己，在那一瞬間，飯糰像是背後的脖子像有頭髮在「搔癢」一樣，這讓飯糰全身的雞皮疙瘩都起來了！

從螢幕上，飯糰看到了自己女朋友拿著大毛巾在擦拭自己的頭髮，他知道絕對不能再繼續發呆下去；自己從小視窗看到頭髮看的那麼清楚，女朋友看的視頻肯定是大畫面，萬一嚇到她怎麼辦！

飯糰鼓起勇氣，關掉了視訊對話，轉身起來就將房間電燈打開！同時在眼角的餘光中，就像是看到「某個黑色物體鑽到了角落」後消失得無影無蹤；飯糰左看右看，小小的房間內什麼都沒有。

正在發愣的時候，飯糰在電腦螢幕上發現了女友要求視訊的訊息，飯糰走去後考慮了一下，決定取消了視訊聊天而是改成了語音通話。

「怎麼關掉了視訊聊天呢？」女友略帶責備的語氣問著。

「也沒有啦……」飯糰隨便找個理由說著：「視訊太久，我的電腦有點遲鈍，所以我關掉用語音聊天。」

飯糰戴著耳機，環顧了房間四周，仍然什麼東西都沒有。

「對了，飯糰，」女友用語音問著：「你那邊在看電視嗎？怎麼會傳來鈴鐺的聲音？」

飯糰又愣了一下，從語音聊天的耳機中傳來了小聲鈴鐺的聲音……

飯糰隨意敷衍了幾句，關上了語音聊天後，兩人結束了通話。

隔天，飯糰詢問是電子設計師的室友大朱耳機傳來鈴鐺的聲音，也將昨天看到的事情重新說了一遍。

大朱一臉不相信的說著：「我看你們是聽錯看錯了吧？怎麼可能耳機會有鈴鐺的聲音？」

「不然你聽聽看。」飯糰又將視訊的功能打開，這一次是用測試視訊的方式開啟功能的。

一打開視訊功能後，兩人都很疑惑。

螢幕上出現的畫面出現令人不舒服的綠色，畫質十分的差；耳機中傳來的鈴鐺聲越來越大，大聲到將耳機拿下後，鈴鐺聲仍然持續的出現。

飯糰將視訊功能停止後，和大朱兩人無言相對。

當天晚上，飯糰女友要求要再次視訊聊天時，飯糰卻發現視訊鏡頭已經完全照不出畫面來，耳機的功能也完全的故障了。

在將耳機和視訊鏡頭從電腦拆下來時，聽到了房間內，不知道哪裡傳來了一聲女性的嘆息聲……

過沒多久，大朱和韓國室友也畢業、各自決定回去台灣和韓國，飯糰也準備搬離那個住處。

在大朱回台灣的前幾天，飯糰和大朱聊到了這個住處的事情。

大朱有點抱怨的說著：「我覺得房屋仲介有點過分，你知道我們住的地方旁邊不到一百公尺處是什麼嗎？」

「是什麼？」飯糰一臉疑惑的問著。

「是一座火葬場。」

飯糰驚訝得說：「火葬場？就是那個將往生者燒掉的火葬場？我怎麼都沒看過？」

「我之前也都沒發現，最近聽韓國室友說才知道，難怪他都很少回來。」大朱邊抱怨，邊將飯糰帶到樓下。

步行沒五分鐘，飯糰跟大朱到了火葬場的門口，外面還有往生者的輓聯。

「日本的文化習俗就是這樣，所以也不用大驚小怪；只是沒有先說讓人有些不太高興……」大朱邊小聲抱怨，邊往住處走回去。

而在火葬場的門口，飯糰清楚的聽到，像是從耳機中傳來的鈴鐺聲，正從火葬場中傳過來……

事後，飯糰也有問親戚自己看到的，是不是什麼法師的守護神之類，可是得到的回應是，就算是守護神也好，也不是長這樣子；而且越說越奇怪，好好的租屋地方請什麼守護神去，越聽越像是此處無銀三百兩。

飯糰幾年之後和女友分手，也再也不用視訊聊天了；對於飯糰來說，鈴鐺聲和女性的嘆息，就像是隨時會再次出現一樣。

深夜的視訊聊天，飯糰不願意再面對一次。

＊

聽完飯糰的故事後，我們一行人確實也沉默了一會。

一位男性友人打破了沉默：「反正……現在都是用智慧型手機軟體嘛！不需要

再用電腦視訊了啊。」

「是啊，是啊。」幾個朋友再一次的附和著。

「可是。」飯糰笑著說：「視訊通話也越來越進步，到時候會不會也在看智慧型手機視訊時，又一次看到有頭髮飄過來呢？」

「那就飄啊。」一位男性友人略帶嘲諷的說著：「反正愛飄就飄，又沒有差。」

飯糰喝了一口茶，滿臉不懷好意的說著：「好，那就希望以後我視訊電話打給你，希望也有頭髮在你後面飄喔。」

「去！你打來我不接！」男性友人說完，大家笑成了一團。

那天之後直到現在，我對於視訊通話仍然也是沒有好感。

希望我的後面沒有頭髮飄過來……

熱鬧加班夜

一天下午，和朋友飯糰單獨見面。

之前聚會飯糰就有提供過自己的鬼故事經驗給我過，我也就寫在本書的第八回「視訊中」之中，這次見面聽說是有東西要給我。

「不好意思啊，妳這麼忙還把妳約出來。」飯糰邊說，邊把一小包東西給我，「這是我因緣際會去台灣某個有名的宗教總壇，拿回來的平安米和大悲水。」

「謝謝。」我道謝收下後，好奇的問著：「怎麼突然給我這個？」

「也沒有啦，農曆七月也快到了，給妳之外我也有給我其他幾個比較熟的朋友，祈求平安嘍。」飯糰點了兩杯咖啡，一杯給我一杯他自己喝。

「農曆七月啊！」我邊打開奶精邊放入咖啡攪拌，「我是沒有特別的忌諱，只是盡量少說「鬼」或是晚上出去；你呢？難道農曆七月你會參加什麼超度法會或是有什麼活動嗎？」

「是沒有要特別參加法會或是活動。」飯糰頓了一下，繼續說著：「只是……有一次農曆七月的晚上，比較誇張就是了。」

「誇張?難不成什麼陰間派對剛好你參加了?」我略帶著開玩笑的口氣對著飯糰說著。

飯糰苦笑著:「要是真的是派對就好嘍……」

飯糰開始說起當年的那一晚的故事。

*

求學生涯結束後,飯糰回到了台灣,和女友決定一起到飯糰舅舅的公司上班。

飯糰舅舅的公司位於中南部,有攝影棚和電腦室,專門靠拍攝多組相片製作成目錄;每一次一到了製作目錄的旺季,攝影棚就要趕工拍照、電腦室也要時常加班趕夜工。

攝影棚非常的大,大約是一般教室的十倍大左右,為了能夠拍好照片,窗戶是封起來或是用厚重的窗簾隔著,只有產品被貨車載來的時候,才有可能拉開鐵門讓產品搬進來,不然平日是很少讓攝影棚完全的照到陽光。

也因為如此,無論是電視界或是攝影界都有個共識:有時候攝影棚真的很邪門，千萬不能鐵齒；飯糰舅舅公司除了供奉土地公之外，也會按時燒紙錢祈求公司順利。

「喂！農曆七月不要加班超過晚上十一點啦！」飯糰那時候向表弟抱怨著，也就是舅舅公司的小老闆。

「我也想啊！」飯糰表弟無奈的說著：「客人常常一載來就要趕著作目錄，我也不想加班那麼晚。」

飯糰表弟小羽，年紀輕輕就繼承了父親公司當上小老闆，有著恩愛的老婆以及一個大女兒；看似幸福也事實上很辛苦，常常加班比員工晚、還要做牛做馬當客戶和員工中間的夾心餅乾，有問題第一個被罵、有錢也是最後領……根據飯糰說的，他已經將近十年沒領所謂的加班費了。

誰叫他是小老闆呢？

加班期間除了飯糰女友，還有小羽一家人；因爲都是親戚，所以也時常一群人待得很晚，不知不覺就趕到了深夜，深夜一兩點才回去也是家常便飯；有祭拜土地公又有燒紙錢，也從來沒有發生過什麼怪事，應該平安無事吧？原本飯糰也是這樣想的，直到了農曆七月終於有了一些特殊的經驗。

首先是一群人坐車，小羽不到三歲的小女兒，在晚上指著空無一人的地方喊著「你看！有人在那邊」；然後是飯糰的女友也在坐車時看到奇怪的東西。

「所以我就說農曆七月不要加班超過晚上十一點嘛！」飯糰對著小羽抱怨著。

「沒辦法啊！就真的做不完啊……」小羽也無奈的說著。

再怎麼樣，農曆七月的前十天也算平安的度過了，慢慢得又開始在公司加班到深夜一、兩點。

再過幾天就要到中元普渡，飯糰他們滿腦子只有工作快點作完，其他沒有什麼特別的想法；今天工作的量又多，很快的就被工作給占領了腦袋，一整天也在趕工之中度過。

到了晚上十二點，飯糰看了一下時間嘆了一口氣，今天又要加班趕工到三更半夜了吧？飯糰的女朋友也在旁邊和小羽的老婆聊天，小朋友也已經在旁邊睡著了。

這時飯糰的女朋友突然說：「那個，飯糰，陪我去廁所可以嗎？」

廁所是建在外面，剛好是在攝影棚以及辦公室的中間，晚上一個人去黑黑的攝影棚旁邊畢竟還是蠻可怕的；再加上現在的時間攝影棚的員工也早就下班，黑漆漆空無一人真的很恐怖。

小羽聽到，抬起頭對著飯糰說：「對了，可以順便去攝影棚幫忙拿一下檔案嗎？順便把鐵門拉下來吧！會不會怕？」

飯糰並沒有特別介意，搖搖頭說：「不會啦！拿個東西怕什麼。」

離開了辦公室，飯糰的女朋友去廁所，飯糰自己到攝影棚去拿檔案；深夜沒人在的攝影棚總有一種空蕩蕩的感覺，讓人覺得好像有人躲在暗處在看一樣，飯糰走到攝影機的電腦旁，拿起了檔案光碟。

灰灰暗暗的燈光，讓飯糰頓時打了一個冷顫；環顧了四周，也沒有什麼東西，飯糰拿著檔案光碟走出攝影棚，關上了攝影棚內的燈讓鐵門緩緩降下來。

鐵門降下的時候，從鐵門下方似乎看到了一雙腳？

那是穿著西裝褲，以及皮鞋像是男性的下半身，上半身則是空的。

飯糰倒抽一口氣，不會吧？是看錯了嗎？

攝影棚是沒有假人模特兒的，那雙看似清楚的男性下半身，到底是怎麼出現的？又爲什麼隔著鐵門下方會看到？光線昏暗應該是看錯了才對……飯糰頭腦一團亂，越想釐清就越是混亂。

「飯糰？怎麼了嗎？」飯糰女朋友從後方出聲，讓飯糰嚇了一跳。

「不，沒什麼事情。」飯糰將資料光碟拿給女友，「這光碟幫我拿去給我表弟，我抽根菸再進去。」

「好。」飯糰女友拿了光碟片進去後，飯糰看著緊關著的鐵門，拿了一根菸抽著。

在抽菸的時候，飯糰疲累的往上方看；中南部的夜晚本來就很少人，附近房子也都是關上燈了，光害極少；深夜的星空很漂亮，但是漂亮的夜空卻仍然無法平息飯糰的情緒，難道是疲累的結果讓飯糰看到奇怪的幻覺？

看到的男人下半身應該是幻覺吧？飯糰又吸了一口菸，希望能夠穩定一下自己的情緒；飯糰放空自己的頭腦，想要盡可能讓自己的情緒穩定下來，不要再去想那個下半身男人的事情。

飯糰將煙吐向天空，瞬間呆住了！

在屋簷下，有一個沒有手與腳、全身慘白的怪異人形，瞪著紅色大大的眼睛正從屋簷上方看著飯糰。

「啊……」飯糰看著這個奇特的「人」，全身因爲驚恐、呈現僵硬的狀態，想要拔腿就跑，卻一直沒辦法移動身體，連聲音都叫不出來！

全身慘白沒有手腳的怪異人形像是用「飄」的一樣，飄到了飯糰面前，倒掛在屋簷下，由上而下用距離不到三十公分的近距離看著飯糰；飯糰全身冒著冷汗，連閉上眼睛的力量都沒有，只能眼睜睜看著這個奇特的「人」慢慢盯著自己。

沒有味道也感受不到聲音，飯糰只覺得這個「人」靠近自己時，腦袋熱烘烘的，卻感受不到其他外在的聲音、氣味，只能夠盯著眼前看；恐懼不斷的增加，卻又無法逃離這種狀況，這樣的痛苦彷彿經過了很久很久。

「嘶……」慢慢的，「人」像是消散了一樣，變成了一團霧消失了。

「呼……」飯糰大大的喘了一口氣，已經可以動了；夜晚的蟲叫聲和一些小雜音也傳入了飯糰耳中，一切都恢復了正常，飯糰發現手上的菸，已經燒到了濾嘴部分而熄滅了。

剛剛的狀況到底是怎麼回事?是太過疲累昏了頭?還是真的被好兄弟纏住了?總之，恐懼感讓飯糰只能一直傻笑，走進了辦公室後給土地公燒了香，一直笑著回到了辦公室。

因爲一直笑的飯糰，讓辦公室裡的小羽等人覺得很奇怪。

小羽好奇的笑著問：「怎麼了?碰到什麼事情那麼好笑嗎?」

飯糰邊笑邊搖著頭：「別問，什麼都不要問。」邊把辦公室的門關上，笑著回到了位置上。

據飯糰的女友後來說，飯糰的笑容感覺是又驚恐，又不自然，明顯看得出來肯定是發生過什麼事情了……

大家很有默契的互相看了一眼，將東西收一收、電腦存檔關機後，一行人離開了辦公室，坐上了小羽的車。

飯糰坐在駕駛座的後方，車子發動後的那一刻，飯糰又開始呆住了！

駕駛座的左方，有個臉色鐵青的老頭，打著赤膊的站在駕駛座的車外面，看著車內的所有人；要說老人有什麼特別的，也就是那一個不帶有血色和感情的臉部，令飯糰格外不舒服；飯糰從這個身體能夠透過去看到後面的老頭，判斷出絕對不是正常的人類……車內的所有人似乎都沒有看到，就只有飯糰看得很清楚。

「東西都拿了吧？我們回去吧？」小羽問著大家，將車慢慢駛離公司。

「嗯、嗯！我們快點回去吧！」飯糰邊笑，邊點了點頭小聲催促著。

臉色鐵青的老頭，就這樣目送著車子離開。

經過這一次後，無論客戶多急，農曆七月飯糰也不加班到深夜了。

晚上連續撞鬼三次，鬼才加班！

＊

事隔多年，飯糰說起了這段往事，覺得不勝唏噓；已經沒在小羽爸爸的公司工作了、女友也分手了，連菸都戒了。現在的飯糰也是個虔誠的佛教徒，人事都已經全非，小羽的爸爸公司也搬離了當年的攝影棚，換了一間更大更氣派的攝影棚繼續接案子。

「當年那些『人』，到底是爲了什麼呢？」我好奇的問著飯糰。

「觀光吧！」飯糰笑笑的說，「無論是人還是鬼，都對於攝影棚有好奇心吧？或許當天祂們只是路過觀光的也說不定。」

我又好奇的問著：「那麼，有拍出什麼靈異相片嗎？」

飯糰皺著眉頭想了一下：「這個嘛……至少目前沒看過啦！相片都會作後製，還真的沒看過拍出來的商業照片有靈異相片。」

「真的拍出來怎麼辦？」我還是不死心的問著。

「用影像軟體Photoshop消除掉嘍！」飯糰邊笑，邊用手比出擦掉的動作。

這個故事告訴我們，農曆七月千萬不要鐵齒，也不要加班到深夜。
不然下一次路過的「觀光客」，或許會集體到你家去觀光也說不定……

黃昏的那條路上

一想起那一日的記憶，我真的不知道該從何說起……

許多人都會說，大白天的哪需要怕什麼鬼？但是深入去瞭解，又有許多人說日出和黃昏，是另一世界的好兄弟們最常出沒的時間。

無論是怎麼樣的解釋，我也無法真正的去找到答案。

那是一個冬天的下午，也是我在日本留學後，準備要繼續前往另一所學校面試的日子；日本的入學時間和台灣不同，台灣入學時間是每年的暑期九月，而日本入學時間則是春天的四月開始新學期。

爲了參加我後來就讀的學校面試，我在大約一月中的時候約定好時間前往該校面試；地點我不能開誠布公的說，只能說是在日本地鐵山手線上，靠近某個繁華區的某個學校。

日本東京的冬季午後，還帶著寒冷的感覺；和台灣的冬天相比，日本的寒冷帶了點「凍」的感覺，像是又乾又冷的樣子，每一點冷風都從衣服內鑽進來；我非常慶幸可以穿著長褲而非裙子，不然一定冷死；想到這裡真的佩服日本年輕小女生可以在這麼的冬天穿著可愛又短的短裙，配著泡泡襪真的很可愛。

就像我上面所形容的地區，我去面試的學校是位於東京都內，嚴格說起來並不是很偏僻的地方，卻因爲附近是住宅區居多而感到安靜；但是在這個冬季的時候走在路上，也能感覺的到似乎路人不多；日本的住宅區真的給人寧靜到是不是都沒有人居住的錯覺？我從山手線的車站下車後，慢慢的要徒步約二十分鐘才能到達那所學校面試。

我圍著一條圍巾，也戴著手套，冷風仍然透過大衣穿過了我的身體；因爲要面試，避免給學校太隨便的印象而不想穿著毛衣的我選擇了套裝，那樣的打扮讓我更加的體會到冷風無情。

很快的離開了車站，慢慢的前往學校的那條路上。

一進入了這個住宅區小路，映入眼簾的是大片日本特有的木造房子；這種所謂的「一間」的日式住宅，從一樓到三、四樓都是屬於木頭建造的特點，就像是進入了時光隧道一樣，剎那間產生了錯覺：我真的是在東京嗎？有別於新宿、池袋的繁榮，這裡的住宅區簡直就像是最適合坐在某處、喝著綠茶的好地方？又安靜，又毫無雜音。

約定面試的時間是下午六點，剛好也是學生都放學的時候；學校通知我這時前往面試，也是希望可以好好的認識我；這樣也好，學校和學生可以彼此認識，這樣子也能讓人安心。

這一次的面試對於我來說，也是我第一次去日本人的學校面試；雖然在日本語學校期間的表現和成績都還不錯，卻還是有著不安和緊張的情緒在。

走在路上我拿起了手機看了一下，距離面試的時間還有一點時間，走過去的時間順便認識環境，也是非常好的；日本的生活講究時間嚴守，太早到或是太晚到都會給彼此一個壞印象，能夠在指定的時間剛剛好到，是一種社會上該遵守的規則。

冬天的黃昏很快就到來，夕陽就這樣照在我的身上；我將戴著手套的雙手舉起放在嘴邊，輕輕的呼著氣。這幾天的寒冷已經低於五度，很可能再冷的話，又會在東京看到飄雪。

星期六學校也有排課，所以這一天面試的時間也是安排在星期六放學之後；或許也是因爲星期六的關係，原本應該是學生下課或是上班族下班的時間，這時候反而也沒什麼人在走路。

我一個人有些孤單的走在前往學校的路上，似乎感覺到溫度越來越冷。

我刻意的走在夕陽照的到的地方，一方面溫暖一點、一方面也讓自己安心下來；這一次學校的面試，希望能給對方一個好印象，這樣或許能以獎學金的身分申請就讀。

溫度下降的同時，我也注意到了一個奇怪的現像：周圍慢慢的沒有了聲音。真的是很安靜，沒有蟲或是鳥的叫聲，也沒有從兩旁的住宅中傳出什麼聲音，那種又寒冷、又安靜的環境下，我甚至可以清楚的聽到耳邊在極度安靜時，所傳來那一種像是耳鳴又像是遮蔽住耳朵才會有的聲音和感覺。

夕陽又更低了一些，我看向有夕陽照到的地方，似乎更加顯得孤單與寂寞；我拿起了手機又看了一次，似乎也沒有什麼簡訊或是電話過來。

或許，是因為今天要去新學校面試，大家都很有默契的不打過來吧？當時的手機是摺疊式的，並不像現在的智慧型手機；我將手機蓋上後，往前看了一眼。

那一瞬間，我開始迷惑了……我並沒有喝酒或是熬夜導致精神不足，在面試的日子我是擁有很清楚的意識。

但是，直直的路前方，站著一個人……那個「人」，讓我非常的困擾。就算是冬天的黃昏、就算是住宅區，有一個人又有什麼特別的？我極度安撫自己的情緒，說服自己有人並不是奇怪的事情；但是那種感覺，完全無法用言語去表達的。

像是一種背脊發涼，卻又不是外面環境所造成的寒冷；而是像是寒氣從頭皮發麻到腳底那樣的不自然，內心的不安和恐懼也越來越強烈。

那個「人」看得出來是一頭長髮，凌亂的蓋住了自己的臉；身上穿的衣服，是一種像是連身睡衣的白色衣服，這種打扮像極了恐怖片中女鬼的裝扮；最讓我介意的是，我一看到她就讓我覺得渾身不舒服。

越是靠近，越感覺這個人並不是錯覺，而是真的存在的；原先站著不動的她，卻在不遠處慢慢的走向我這邊。

一種雞皮疙瘩的電流，像是從我的腳底竄流到了頭皮一樣！

她極度不自然的彎下腰，就像是個七、八十歲的老太太那樣，左搖又晃的往我的方向過來，速度感覺很慢，卻又很安靜的慢慢朝我的方向靠近。

一點也沒有腳步聲。

不會吧？現在還是黃昏耶！沒理由那麼誇張吧！當我這樣想時，也注意到了她走的路線，似乎也不介意會被夕陽照到；有腳也有影子，那應該不是鬼吧？

既然不會介意被夕陽照到，那也許是哪個設施的病人？我所面試的學校附近就有類似像是老人或是有憂鬱症的病人所住的設施中心，或許是附近的病人出來散步也說不定？

但是，怎麼可能只有一個老人或是病人出來自己散步？當下那種安靜又不舒服的感覺，卻又揮之不去。

我回過頭看了下背後，後面並沒有任何人；左右兩邊的住宅或是建築，也是緊緊的關閉著。

這個人，到底要去哪裡呢？

我刻意換到了旁邊的走道，讓她慢慢的過去；我知道她不是要找我，或許只是要前往某處的病人吧？我不太敢細想，也不太敢太過於誇張的盯著她看。

我故意慢慢的走著看著手機，邊走也邊偷看著她。

她慢慢的、慢慢的靠近了我身邊，我的心跳也越來越快！我盡可能的不要讓她發現我在看她，一方面也祈禱著她不要過來……我故作鎮定的按下通訊錄，或許可以撥電話給哪個朋友……

手機上寫著「圈外」，沒有訊號。

東京都內沒訊號？這也太扯了吧！我將手機蓋上，不自覺的又往她的方向看了一眼。

她正抬起頭看著我。

一瞬間，我跟她四目相對！那個眼神，除了瞪大的雙眼外，我更加覺得寒意從身體內蔓延開來！臉部五官因爲背光而十分不清楚，或許是個四、五十歲以上的婦人吧？頭皮發麻的我，根本不知道該如何面對這樣的狀況！

我趕緊轉過頭，想要假裝沒有看到她，慢慢的繼續往前走；心裡面想的，就是不要跟過來、不要跟過來……

夕陽這時完全的西沉，黑暗慢慢的降臨在這條街道上。

彷彿完全沒有聲音、完全的沒有溫度。

有的只有自己的心跳聲。

過了一小段路，我鼓起勇氣向後看……

她在不遠的地方繼續走著，似乎沒有跟過來；過沒多久，路燈也閃了一下，慢慢亮了的同時，她瞬間失去了蹤影！我像是呆子一樣看著這條筆直的道路，我更加確定剛剛的女性已經完全的不見了！

這不是一條算是很直的道路嗎？怎麼會一下子不見了呢？我滿腦子疑問，也慶幸著自己安全無恙；這時我又打開了手機看時間，我又覺得困擾了。

明明剛剛的路程在我感覺起來只有幾分鐘而已，怎麼一下子就過了快四十分鐘？而且手機又有了訊號，到底是怎麼一回事呢？不過這些都不重要，面試都快要遲到了！

我滿腦子疑惑，當天並沒有提起這件事情，面試也就順利結束了。

之後我也順利的面試通過，進入了該校就讀；對於本次的事情，我也一直沒有再提起；開始上課後，每日也會通過這條道路，卻也沒有再見到該名女子。

二年級的某一天，我和同學提及這件事情。

幾名同學疑惑的互相看了看，並沒有遇到我說的那位女子；反而有人質疑我是不是當天壓力太大，造成的錯覺？

我不太高興的說著：「如果錯覺可以持續那麼長的時間，那我真的應該要去醫院好好的檢查了！」看我這樣說的同學，也半開玩笑的說要陪我一起去檢查。

10. 黃昏的那條路上

在我們討論的時候，剛好成長心理學的女教授在旁邊聽到了，這位在該校已經任職了十幾年的女教授，聽完我問是不是附近設施的病人時，很快的就否認了我的論點。

「若是設施的病人，不可能在那種時間一個人做那樣的打扮走在路上；而且任教了十幾年，並沒有看到這樣的人存在。」

面對女教授的否認，我一時之間愣住了：「那麼，我那天遇到的人，到底是什麼人呢？」

「妖怪吧？」女教授很認真的回答我。

面對女教授的回答，我只感受到又氣又好笑，同時帶了一股涼意。

事後確實也證實，沒有人也包含我自己，再也沒有遇過那名女人。

畢業後回到台灣的某天，我想起了這件事情，和朋友討論著；其中一位朋友提出了一些線索。

日本的傳統習慣中，有時會將墳墓安置於社區之中，彼此間也是相安無事；而那個住宅區內同樣也有一些墳墓，特別是住宅內有該家族往生者的墳墓也是很稀鬆平常的事情。

遇到的那名女子，或許也是安眠在住宅區內，不巧被我看到的吧？

這樣的結論，或許我也只能接受了。

事隔多年，她的樣子和朝我走過來的畫面，仍舊無法忘懷；安靜到不自然的住宅區、寒冷徹骨到讓我發抖的黃昏，都不願意再次回想起。

就像是有人慢慢的、慢慢的從背後靠近……

輕閉雙眼
11

六度波羅蜜中有佈施、持戒、忍辱、精進、禪定、般若。

其中的禪定是指某一種體悟空的境界，爲了要達到禪定，無論是佛教或是道教、在家居士、修行者等，都會有各種方法；有人靠打坐、有人靠冥想，也有人依靠念經、或是有人練習瑜伽，甚至有人依照頭陀行，進行雲遊四海的苦修。

爲了就是達到某一種禪定、空的境界。

這一次分享的是一個修行者的故事。

佛堂的李師兄是個虔誠的修行者，是個在家居士。因緣際會下學會了打坐冥想，開始了許多的修行；爲了要得到打坐的殊勝利益，李師兄很認真的每天晚上在自己的房間內打坐。

這原本是個很好的修行方式，卻因爲李師兄學習的對象並不是正統的打坐師父，相反的反而比較像是爲求神通而修行的外道，將打坐時的方法告知，卻未告知打坐時的現象等因果關係。

一開始李師兄確實有依照學來的方法練習，也頗有心得；在打坐的初期，李師兄在意識之中達到了某種境界，可以在幻境之中到了一片綠色的原野中，享受各種平和、安詳的心境；各種花草綠葉絲毫沒有給李師兄壓力，讓李師兄煩悶的心情也能在打坐中獲得喜悅。

沒有任何的人事物的侵擾、沒有時間與空間的壓力，這讓李師兄非常的享受這種打坐帶來的喜悅。

經過了一段時間，事情發生了變化。

一天晚上李師兄想要定下心來進入打坐的狀態時，在意識之中突然出現了和過去完全不相同的境界……那是個在一個灰暗的森林之中，眼前有著很多的大樹和雜草，地面也是一片枯黑的樹葉在土地上。

和這陣子的境界全然不同，在淺意識中，李師兄直覺不對勁，但是這個景象也讓李師兄非常的好奇，就繼續持續這個狀態。

這時候從樹林中走出一位長髮混亂的白衣女子，一步一步走出了樹林；這讓李師兄緊盯著白衣女子看，白衣女子也像是發現了李師兄，竟然快速的衝到李師兄面前，口中念念有詞，李師兄卻無法理解白衣女子想要說什麼，這讓李師兄十分的不舒服！

白衣女子衝向李師兄，李師兄怕會大大影響自己，趕緊在口中持咒……在持咒的同時，李師兄的意識也慢慢變得模糊，很快就結束了這個奇特的境界；李師兄也張開眼睛，發現自己滿身大汗。

當晚累得睡著後，李師兄接下來卻連續發燒了好幾天。

在高燒之中，不斷夢到那名白衣女子不停得對李師兄說話，雖然聽不太懂，卻讓李師兄能感受到白衣女子的悲傷；在迷糊的夢中，李師兄不停的對著白衣女子唸著心經和往生咒；過了幾天高燒退了後，從此也沒有再見到那位白衣女子。

原本以為這樣就沒事了，結果真正的苦難這時候才開始。

李師兄身體痊癒後，又開始了打坐的修行；一開始幾天都還正常，但是過了幾天，更誇張的事情更加影響了李師兄。

過了幾天的晚上，下了班後的李師兄開始進行打坐的修行；這次卻又不是那個舒適的花園、也不是白衣女子所在的灰暗森林……

這次出現的一道看起來像是舊公寓的牆壁，夕陽像是照在牆壁上一樣，牆壁卻是充滿著斑駁的污點、以及像是漏水的水漬；牆壁上方有一扇黑暗的窗戶，在李師兄盯著看的同時，像是木頭製又看起來髒髒的玻璃窗戶慢慢得打開……

一個像是被泡在水中許久、皮膚和衣服非常破爛又噁心的女人，慢慢的從窗戶中爬出來掛在窗戶旁邊，抬起頭來用變成紫色的臉孔瞪著李師兄看著；女人的頭髮像是破抹布一樣，從那泡到發爛的臉，不懷好意的瞪著李師兄。

李師兄閉著眼睛卻也能感受到自己從脊椎涼到頭頂！

這次李師兄睜開了眼睛，稍微靜下心來幾分鐘後，再一次換了心情重新打坐；原本以為不會再遇到這個像是破抹布的女人，卻發現一進入打坐的狀態後，破抹布的女人仍然是在牆壁上瞪著李師兄。

這次破抹布的女人不再只是掛在牆壁上，而是慢慢的、慢慢的朝李師兄的方向爬過來……

和上次的白衣女人不同，這次的破抹布女人讓李師兄打從心中發寒……白衣女人的情緒是悲傷和難過，雖然讓李師兄不舒服，卻沒有感受到惡意或是侵略的感覺；破抹布女人不是，給李師兄的感覺就是這個女人不懷好意，甚至是一種怨念，還帶著侵略性的感覺。

李師兄又再一次停止打坐，起身喝了水，重新靜下心來；這一切的一切只是幻境，就像是金剛經云：「凡所有相皆是虛妄」，不應該會如此的！休息了三十分鐘後，李師兄確定自己應該不會再被影響。

李師兄再次打坐，這次在打坐前，也已經盡量的不去讓自己的雜念太多，盡可能將自己的思緒放空吧！

再次進入了打坐的境界，原先以爲應該不會再有什麼幻境了吧？

這次李師兄卻仍然見到了牆上的破抹布女人，那女人緩慢得更加爬近李師兄，而且這次李師兄還可以聽到「嘶嘶」的聲音，似乎是破抹布女人發出的聲音；越靠近李師兄，李師兄越覺得有壓迫感！

一種壓迫胸口的感覺，讓李師兄喘不過氣！

李師兄在打坐中，對著女人說著：「妳到底有什麼問題？」李師兄又困擾又緊張，甚至帶著些許憤怒的感覺。

破抹布女人像是不理會一般，只是發出「嘶嘶」般不懷好意的笑聲，而且邊發出奇怪的聲音，邊又慢慢的爬近李師兄。

破抹布女人頭開始扭動，像是頸椎斷掉了一樣，竟然可以扭轉三百六十度，看的李師兄心驚膽跳！

李師兄定下心來，開始持咒；只要一持咒，破抹布女人就會停下動作看著李師兄；只要李師兄停止持咒，破抹布的女人就會再慢慢爬近李師兄；這樣的狀況不知道持續了多久，李師兄也開始疲憊了。

李師兄停止打坐，將雙眼睜開來……一切虛妄都留在幻境中，現實世界才是讓自己明心見性的最好選擇。

李師兄抬起頭，在眼前房間內，破抹布的女人正在自己的房間半空中，發出詭異的「嘶嘶」聲，噁心的笑容還流出了黑色的液體，頭還在不停的扭動。

「哇——」李師兄忍不住大聲的喊了一聲！

明明是打坐出現的幻境，為何會出現在自己眼前！過度驚嚇的李師兄大叫一聲後，破抹布的女人慢慢的從眼前消失……

從那天之後，李師兄渾渾噩噩的，工作也沒有精神、生活上也是發呆無神居多；如果想要進入打坐的修行，又會想到破抹布的女人，打坐的修行幾乎進行不下去；而那一段時間，李師兄本人的記憶也非常的薄弱。

這樣異常的狀況經過了兩、三個月，原先認真修行上佛堂的李師兄，也被其他師兄發現他異常的情況；李師兄將困擾說出來後，原本會以為不被重視，沒想到有過經驗的師兄立刻知道，李師兄就是因為修行方法不對，才會走火入魔！

李師兄聽從佛堂的師兄指示，進行了簡單的佛家儀軌，並且也停止了錯誤的修行方式，開始從根本的修行以及修心開始。

重新開始新的基本方法修行後，李師兄也沒有再遇到奇怪的幻象。

＊

這件事已經過好幾年了，我再次問了李師兄這件事情。

「現在還有在打坐嗎？」我坐在佛堂內，好奇的問著。

「打坐嗎？」李師兄笑了笑：「從基本的菩提心修起，再去修行，有沒有打坐反而是其次，最重要的不是方法，而是自己的發心。」

「聽起來好深奧。」我又重新問了一次：「所以有沒有再打坐呢？」

李師兄停了一下，微笑著說：「後來我還是有進行打坐的修行，只是方法改變了許多，也就沒有再碰上那一位破抹布的女人了。」

「沒關係嗎？」我有點擔心的問著。

「沒關係！因爲之前的方法只是急功近利，並不是按部就班的修行，導致說心中有罣礙，自然魔就生起；若是能夠依照『無罣礙故，無有恐怖，遠離顛倒夢想』，以菩提心的本意來修行，自然可以獲得禪定的殊勝利益。」

聽著李師兄滔滔不絕的說著，我似乎還是似懂非懂，只能大概從中記得一些我尚存的片段。

李師兄突然降低了聲調：「事實上，後來除了破抹布女人沒再出現後，我在打坐中還是會看到許許多多的『怪東西』。」

「怪東西？」我好奇的反問著。

「是的。」李師兄神祕的說著：「有動物、有魚類、甚至樹木或是各種怪人，我都是抱著『見怪不怪，怪自亡；見魔不驚，魔自滅』的原則，以自然的態度來看待這些異相；因爲我心正意念正，自然這些魔就不會從心中生起。」

「爲什麼？難道不怕這些又跑到李師兄你的房間嗎？」

「一切有爲法，如夢幻泡影，如露亦如電，應作如是觀。」李師兄說完後，笑笑得離開了位置，去和其他人聊天去了。

留下來的我，只能繼續思索其中的涵義了。

浴室水漬

（上）不敬的開端

「啊！好熱啊！都快要開學了還那麼熱！」阿瑋大聲的說著。

阿瑋是個大學的新生，考上了這一所風評普普的大學，也抽到了學校宿舍後開始了大學新生的生活。

宿舍房間是四個人一間，每間房間內也有簡易的浴室；阿瑋的個性雖然內向，但是也因爲彼此朝夕相處、又很喜歡和同學一起玩電玩或看動畫，很快的阿瑋也和其他三人成爲好友。

開學過了大約一個月，有一天晚上隔壁幾間寢室的同學都窩到了阿瑋房間，意外就這樣發生了；一開始進房間燈暗暗的，直到阿瑋定睛一看，房間寢室內多達快要十個人在。

「哇！你們在幹嘛啊！人怎麼那麼多？」阿瑋吃驚的問著。

「幾個大男人在講鬼故事啦！」同房間的小趙說著：「有人說想要說些鬼故事來嚇女友，所以大家聚在一起討論；結果說一說，就開始輪流說起來了。」

「鬼故事？一群大男人有什麼刺激的？」阿瑋興致缺缺的說，「我想玩電腦遊戲，你們要繼續聊就到外面聊吧。」阿瑋坐到電腦桌前，往眾人的方向看去：「咦？你們還在玩什麼？」

一堆人的中間有放個小型的夜燈，昏暗的燈光下看得出來是一張紙和一個白色的物體壓在紙上……

是一個白色的碟子。

「你們那個不是……碟仙嗎？」阿瑋驚訝的叫了出來！

小趙趕緊說著：「噓！小聲點！宿舍不給我們學生玩碟仙或是筆仙，小聲一點不要被舍監聽到了。」

「碟仙不是電視有說，只是一種集體催眠，實際上都是自己在動不是？根本就沒有鬼！」阿瑋看起來不屑的說。

「別亂說！」小趙嚴肅的糾正：「碟仙還沒請回去，不懂不要亂說話！」

「什麼叫不懂？」阿瑋不太高興的說：「沒有就沒有，什麼亂說，有種叫鬼來找我啊！」阿瑋站起身，不高興的把他們放在碟子上的手拍掉！

「哇！——你幹嘛啦！」

「搞屁啊！」

「在發什麼神經啦！」

阿瑋平常也沒有這樣的壞脾氣，今天卻突然粗魯的把碟子上大家的手拍掉；大家也都驚呼連連，似乎對於阿瑋這樣的舉動充滿著不滿；大家在罵阿瑋的時候碟子也因爲剛剛造成的力量不停的旋轉，卻絲毫沒有停止的跡象……

碟子不停的轉動，轉了好幾分鐘，原本吵吵鬧鬧的大家，也停下來看著不停旋轉的碟子。碟子怎麼可能轉那麼久？是有人惡作劇嗎？還是高科技？在場的眾人就這樣面面相覷，互相看著對方不發一語。

碟子仍舊還是不停的轉，有些人覺得頭皮發麻，似乎都覺得事情不對勁！如果出事情怎麼辦？大家紛紛看向阿瑋，有的人還用瞪的！

阿瑋也覺得很尷尬，一股無名火突然上來，走過去用腳用力的踩住不停旋轉的碟子！這個舉動太過突然，所有人都傻住了！

12. 浴室水漬（上）不敬的開端

「根本就沒有鬼！你們怕什麼啦！」阿瑋非常兇的對大家咆哮！

「真的莫名其妙！你搞得大家不爽很開心嗎？」隔壁房的同學不高興的罵著，同時大部分的人也離開了阿瑋的寢室；只留下阿瑋同寢室的幾人；寢室的燈打開後，同寢室的室友都看著阿瑋。

平常的阿瑋根本不會有這樣的表現，爲了什麼會這樣破壞大家的興致？

小趙不太高興的說：「阿瑋，你到底在發什麼神經？就算你不信好了，有必要這麼激動嗎？你也太誇張了吧？」

「碟仙什麼的是招喚鬼吧？」阿瑋一臉瞧不起的表情，「都已經二十一世紀了，還在相信什麼碟仙？」阿瑋走過去，把紙跟碟子拿起來，走到了垃圾桶旁邊，全部丟到了垃圾桶中。

「有種來找我！」阿瑋對著垃圾桶嗆著，罵了幾句髒話後回到了電腦桌前。

小趙轉過頭看著另外兩名室友，搖搖頭後回到了自己的位子上。

也因爲這件事情，接下來阿瑋的人際關係處的並不太好，連同寢室的小趙和其他兩人也不太想和阿瑋說話；阿瑋繼續沉迷在網路遊戲中，對於這樣的狀況反而樂的輕鬆。

當天參與碟仙知道這件事情的人，原本認爲阿瑋可能要倒大楣了！可是看著阿瑋還是玩著他的網路遊戲，平常生活也很正常，就慢慢的不太管阿瑋的事情了；碟仙這個「遊戲」，在眾人的腦海中慢慢被遺忘，沒什麼人再去玩碟仙。

「靠！騎機車跌倒，還不小心受傷縫了好幾針，機車也維修花了快一萬，真的不曉得是不是該去拜一下。」

「沒差啦！你看阿瑋不是還好好的？不用拜啦！」

有幾個人在之後確實有些霉運，也曾經繪聲繪影的說是碟仙作祟，但是看看阿瑋仍然好好的，大家也就嗤之以鼻，慢慢的遺忘了這件事情。

一開始小趙也挺擔心，畢竟是在自己的寢室內發生的；慢慢的過一陣子寢室也沒什麼事情發生，小趙對於阿瑋的這件事情也就慢慢的不再介意。

而在這段時間中，阿瑋和小趙的寢室浴室牆壁上出現了奇怪的痕跡，看起來像是水漬還是汙垢，似乎慢慢的蔓延變大；每天一點一點變得更清楚、變得更大塊。

這塊髒汙並沒有影響到阿瑋寢室內的其他人，其他人也沒有奇怪的感覺。

除了阿瑋。

阿瑋的脾氣變的越來越古怪，精神變的也越來越差，時常會在深夜的時候跑到浴室，對著浴室內的污垢喃喃自語；原本其他人以爲阿瑋是去沖冷水澡，畢竟炎熱的天氣寢室又沒有冷氣，會跑去沖冷水澡也不奇怪。

只是，阿瑋深夜跑進去時卻沒有沖水的聲音，而卻像是在說話一樣不斷的聊著天；直到一小時左右之後，阿瑋才會又跑回床上去睡。

面對這樣的狀況，一天早上小趙忍不住問了他：「阿瑋！你怎麼每天深夜跑去浴室說話？是拿手機在裡面聊天嗎？」

「聊天？」阿瑋一臉不解的回答：「沒有啊！我哪有深夜在浴室聊天。」

「沒有？」小趙以爲阿瑋不承認，有點火大的說：「都好幾次了好不好？我們都注意到你深夜大概兩點到三點，一個人跑到浴室也沒沖澡，就像聊天一樣一直說話，不是在講電話嗎？」

「是你作夢吧？我深夜並沒有起來。」阿瑋仍然否認。

「你怎麼……」小趙有點不耐煩的轉過頭看向阿瑋。

小趙這時後才發現，阿瑋的臉色異常的難看，看起來就像是長期都沒睡好，眼睛旁邊都是黑眼圈，精神也十分的差。

「你的臉色怎麼那麼差？是不是生病了？」小趙有些介意的問：「你有哪裡不舒服嗎？」

阿瑋搖搖頭說著：「最近是有些疲倦，總感覺睡也睡不好。」阿瑋說完後，繼續玩著線上遊戲，話題也沒有再持續下去了。

後來小趙趁著阿瑋不在時，和其他室友的兩人提起了阿瑋的事情。

「基本上應該無所謂吧？」另一位室友小陳推著眼鏡，意興闌珊的說著：「管他是深夜和女朋友說話還是打色情電話，那都是他的事情吧！」

另一位小胖則說著：「對啊！反正他也不太喜歡和我們說話，就讓他自言自語也沒關係呀？」

小趙皺著眉頭說：「如果只是這樣是沒關係……我只是會擔心，阿瑋該不會是在吸毒？」

「吸毒？」小陳和小胖驚訝的說著。

「小聲點！」小趙制止兩人，看了看左右兩邊確定阿瑋不在寢室，繼續說著：「你們沒有注意到嗎？阿瑋的臉色真的像是個病人一樣，又總是在寢室睡覺，起來也是一直玩線上遊戲；晚上躲在浴室不停的喃喃自語，我真的有點擔心他在吸毒。」

「不會這樣吧！」小陳也皺著眉頭：「運氣好被警察抓，運氣不好死在寢室怎麼辦？」小陳深深的嘆了一口氣，總覺得這件事情很麻煩。

小趙看著兩人，小聲的說著：「今天晚上我們就裝睡，到時候一起起來偷看，看看阿瑋到底是不是在吸毒。」

「我怕我會睡著啊……」小胖的表情看起來很困擾。

小陳苦笑著說：「深夜偷看男人洗澡，真的很鬱卒啊！」

「忍耐一點啦！」小趙拍拍兩人的肩膀：「就這麼說定了！今天晚上誰發現阿瑋進到浴室，就記得叫醒另外兩個人！」

「好啦……」小陳看了一下時間，「大概是幾點？」

「根據之前的經驗，似乎都是深夜兩點左右。」

小趙看著兩人，決定今天晚上來看看阿瑋到底是不是吸毒。

當天晚上就像都說好了一樣，小趙以及小陳和小胖三人一起在十二點的時候就倒下來睡覺；阿瑋看三人睡了也沒多問什麼，還是繼續玩遊戲玩到大約一點左右之後，也上床睡覺。

睡在阿瑋上鋪的小趙，注意到了阿瑋的手機並沒有放在床上，而是放在電腦桌上充電著。

不久傳來了打呼的聲音……小趙看過去，發現是小胖早就睡的打呼了，完全沒有辦法抵擋周公的招喚；小趙也偷瞄了小陳一樣，發現同樣睡在隔壁上鋪的小陳，躲在棉被內偷偷滑著智慧型手機。

原來如此，靠著智慧型手機的遊戲避免睡著啊……小趙這時候也有點後悔，早知道就把手機也帶到上鋪，就不會這樣乾等無聊了；時間一點點的過去，似乎快到時間了。

小趙也等到有些迷迷糊糊的，看了看隔壁上鋪的小陳也早就沒有了動靜，小胖打呼的聲音也像是催眠曲一樣，讓小趙的意識也開始慢慢地模糊了起來……

「嘔嘔！」阿瑋下鋪傳來了聲音，就像是設定了鬧鐘一樣，阿瑋坐起身，慢慢的走向浴室；等到阿瑋一進浴室，小趙瞬間起身，看了一眼隔壁上鋪的小陳，和小陳兩人交換了眼神，一起跳下床。

小胖仍然睡得死死的，打呼聲音不停的響著。

「起來啦！喂！」小趙小聲的說著並搖搖小胖，小胖仍然不為所動，打呼的聲音卻變得更大聲。

「起來啊！不要再睡了！」小趙又搖了幾次，小胖還是起不來。

「噓！」小陳對著小趙示意不要發出聲音，兩人躡手躡腳的走到了浴室門前，聽著裡面傳來的聲音。

阿瑋就像在和人聊天一樣，不停的說話和發出笑聲，說出來的話並不清楚，小趙和小陳兩人聽不太懂說話的內容；小趙這時候也確定阿瑋的手機確實是放在電腦桌前，阿瑋並沒有帶手機進去。

「打開來看看。」小陳拿出零錢銅板。

寢室內浴室的門是用簡單瑣，只要用零錢銅板就可以簡單轉開。小陳和小趙動作很輕的走到浴室門口，輕輕的打開了浴室的門，兩人開一點小縫往裡面看。

阿瑋就像是在跟一個人聊天一樣，對話中也充滿著奇怪的內容：阿瑋說自己去到了什麼地方，有什麼人請他吃東西、還說他很快就會知道很多事情什麼的；最重要的是，阿瑋不停的向「某個人」說要和對方成爲一輩子的朋友。

透過門縫，小趙和小陳互相看了一眼，彼此都不知道阿瑋到底是和什麼人說話？對話的內容幾乎聽不懂，只知道阿瑋好像對對方又信任又喜歡。

12. 浴室水漬（上）不敬的開端

小趙看著小陳，小陳扶一下自己的眼鏡搖搖頭，就像是告訴小趙自己也不知道到底怎麼回事。

阿瑋身邊沒有什麼可疑的物品，至少知道阿瑋應該沒有吸毒……可是那個模樣，就像是和人說話一樣；但是並沒有看到任何電器用品，也撇開了利用平板電腦還是其他東西的疑慮。

難道是夢遊？如果是夢遊的話一切也都可以解釋了。

小趙原本想說是夢遊，正打算停止監視時，卻發現了阿瑋說話的對象，似乎是那塊在浴室內的水漬……

小趙又看了小陳一眼，小陳皺著眉頭，應該也是注意到了阿瑋說話的對象，竟然是牆壁上的汙垢；會注意到也是因爲阿瑋說沒幾句話就摸了摸牆壁上的水漬，就像是和親密的朋友在互動一樣。

接下來的狀況讓小趙和小陳都張大了眼睛！

那片在牆壁上的污漬，竟然像是有了手一樣，從牆壁中伸出了兩條細細長長、看似黑影的手……抱了抱還是摸了摸阿瑋。

一瞬間一股惡寒，傳達給小趙和小陳全身……

阿瑋轉過頭看著了兩人，那個眼神既空洞、又無神。

浴室水漬（下）

電腦桌前

「你們昨天怎麼沒叫我啊？」小胖走到小趙和小陳前面抱怨著，「等我醒來的時候鬧鐘已經響了，已經是今天早上了……你們有沒有在聽啊？」

小趙和小陳就坐在學生餐廳中，兩個人坐著不發一語……應該是說在考慮要怎麼開口會比較好？兩人一直都沒有最合理的解釋。

就算現在科技發達，也沒有那個科技可以讓浴室的那片污漬伸出手的吧？更何況就算有３Ｄ列印技術好了，也沒聽過可以讓牆壁有那麼立體的表現……

小趙努力想要用科學來解釋：「或許……那是利用３Ｄ裸視技術作出來的，有可能是用什麼影像軟體或是視覺影像造成的……」

「意思就是說，我們寢室的浴室牆壁是３Ｄ影視螢幕作成的牆壁嘍？」小陳反問著。

當然不可能，這個答案比鬧鬼還要誇張！不論是集體幻覺還是視差所造成的現象，都沒有辦法解釋：從牆壁上的污漬伸出來的手，到底是什麼鬼東西？

「昨天到底怎麼樣了啦？」小胖在旁邊好奇的問著。

13. 浴室水漬（下）電腦桌前

小陳和小趙互相看了一眼，知道要怎麼樣來調查了。

下午的時候，趁著阿瑋有課要上不在寢室時，小趙三人來到了寢室浴室內；浴室因為是建造在寢室內的，並沒有設置對外的窗戶，而且無論白天或是晚上陽光也照不到浴室內。

「小胖你檢查看看，那塊污漬是不是有什麼特別的？」

「我看看……」小胖蹲下身看了看那塊污漬，還用手戳了幾下……這動作看在小趙和小陳眼中有點緊張，兩個人深怕那塊污漬突然伸出手將小胖的頭髮扯下之類的。

「你們說有手伸出來，根本就什麼都沒有啊。」小胖左看右看，看不出所以然。

「可能要密碼吧？例如帳號登入之類的？」小陳這樣說完，小趙和小胖看著小陳，似乎覺得小陳這玩笑開的真冷；不過小陳的表情卻一點也不像是在開玩笑，反而看起來非常認真。

小胖接著在那裡東摸摸西摸摸，似乎也沒有個結論。

「你們在這裡幹嘛？」背後突然傳來阿瑋的聲音。

「哇！」小趙忍不住嚇的叫出聲，小陳和小胖也看向突然出現在後面的阿瑋。

阿瑋站在浴室外面，看向裡面的小胖：「怎麼了？有什麼地方壞掉了嗎？」

小陳看了小趙一眼，對著阿瑋說著：「我們是想要把浴室那面牆壁上的污垢洗掉，但是好像沒辦法的樣子。」

「污垢啊。」阿瑋看起來一點興趣都沒有，走到了電腦前開了電腦。

小趙問著：「阿瑋，今天你不是下午有課嗎？怎麼沒去？」

「喔！下午的課啊。」阿瑋沒有回過頭，繼續盯著電腦：「下午的課我沒什麼興趣，所以乾脆翹掉了；反正下次再去就好。」

小陳推了一下眼鏡說著：「沒關係嗎？這樣出席率會不會有問題？」

「管他的，下次再說啦。」阿瑋已經點開了遊戲程式，一點也不在乎的樣子。

小趙突然開口問著：「那麼，浴室的水漬我們可以清乾淨嗎？」小趙說完，小陳用「你怎麼直接問」的表情看著小趙。

小趙是想要測試看看阿瑋的反應，所以直接問；沒想到阿瑋的反應反而很平淡，只是回過頭看著他們。

「浴室那塊髒髒的地方嗎？隨便你們啊，我是不太介意啦。」阿瑋只是看了一眼小趙他們，就又繼續玩著遊戲。

或許是沒有直接看到的緣故，小胖並沒有很在意那塊污漬，用清潔劑很努力的刷那塊污漬；污漬雖然沒有完全刷乾淨，痕跡也被刷得很淡，幾乎看不出形狀出來。

從刷淡之後，晚上阿瑋也沒有再起來到浴室去自言自語了；但是當時的畫面給小陳和小趙實在太大的震撼，兩人時常跑到別人寢室借浴室，浴室的水漬事件也瞬間傳開，許多人都跑來「朝聖」觀看這塊污漬，一時之間阿瑋臥室的浴室人聲鼎沸。

對於這樣的現像，阿瑋並不在乎，就讓大家去鬧，自己在乎的只有遊戲的排名和裝備而已；對於閒言閒語之中說自己和污漬說話，阿瑋也是一臉不在乎的臉。

過了幾天，原本以爲事情已經告一段落了，卻發生了一件意外。

一天晚上，已經接近秋末，慢慢溫度開始下降，一直使用其他人寢室浴室的小趙和小陳，也忍不住寒冷，一洗完澡就披著浴巾，擦乾身體和頭髮後、趕緊穿上衣服，一點也不敢像是前一陣子一樣裸著上半身走回自己寢室。

「今天只有小胖和阿瑋在房間嗎？」小趙邊擦著頭髮，邊問著小陳。

「小胖喔……」小陳用眼鏡布擦拭完眼鏡，回答著小趙：「小胖今天好像說要去哪裡和人吃東西喔，記得好像是小火鍋之類的。」

「小火鍋？不愧是小胖，真的不怕胖啊。」小趙半開玩笑說著，「那麼，現在只有阿瑋一個人在寢室嗎？」

「是啊，又在玩他的那個什麼線上遊戲，好像不怕自己被當掉一樣。」小陳的表情有點無奈，幾乎沒看過阿瑋讀書過，這半年來似乎只看到阿瑋不斷的沉迷線上遊戲。

「應該沒關係吧？反正他沒有什麼怪事發生就好……」

小趙還沒說完，隔壁就傳來了尖叫聲！

瞬間小趙和小陳愣住了，和另一間寢室的同學們面面相覷；又傳來了碰碰碰的聲音，看起來像是東西打翻發出來的雜音一樣，又聽到了感覺很驚恐的男人呼喊和咒罵的聲音！

聲音傳來的方向就是來自於隔壁，阿瑋的寢室傳來的，聲音也像是阿瑋在喊叫著；小趙和小陳一起衝出隔壁同學的寢室，兩人跑回了阿瑋寢室的門前，打開門想進去看看。

映入眼前的狀況讓小趙和小陳嚇了一大跳，原本在桌上的電腦主機已經倒在地上冒著煙，液晶螢幕被椅子砸得粉碎，東西散落得滿地都是……仔細往旁邊看，發現阿瑋臉朝下的倒在地上，似乎已經沒有了意識……

「阿瑋？阿瑋！」小趙跑到阿瑋身邊，發現阿瑋並沒有反應，大聲喊著：「快點去叫舍監！快點叫救護車！」

一陣手忙腳亂之後，阿瑋被送上了救護車；事後阿瑋再也沒有回到學校來，據說是送到了醫院住院住了一陣子，因爲精神上的關係被家人接回去休養，也辦理休學了。

那一晚到底發生了什麼事情？一直到了小趙畢業都沒有再看過阿瑋，只聽人說過阿瑋住院後精神有些異常，並不太清楚後續的狀況。

*

小趙和我說到這裡，嘆了一口氣拿著一根菸抽著：「知道嗎？許多人都說是因爲阿瑋得罪了碟仙，所以才會有這種下場。」

小趙也是那件事畢業幾年後，開始在佛堂修行，也因爲是在因緣際會下和我提到了阿瑋的事情；今天離開了佛堂的聚會後，我也和小趙在路口的便利商店外喝著飲料，聽他說起了這段往事。

我看著小趙，小趙現在說的事情也已經十多年前了，連「小趙」都被稱爲「老趙」的年紀。說起這段往事，讓平常冷靜的他看起來仍然有些介意。

「都那麼久了，也無法知道當晚阿瑋到底發生什麼事情吧？」我皺著眉頭說著，心裡想甚至有可能跟鬼故事無關，說不定是什麼恩怨……密室殺人事件？

小趙笑笑著，吐了一口菸說：「當時猜測很多，卻沒有人知道真實的事情到底是怎麼回事。」小趙說完，又吸了一口菸，像是看著遠方說著：「其實……畢業之後又過了幾年，我又遇到了阿瑋。」

「咦？所以……？」我催促著小趙繼續說下去。

小趙緩緩的說著過幾年後又遇到了阿瑋的事情。

＊

畢業後大家各奔東西，小趙也開始了業務員的生活；每天和業績搏鬥、向許多認識或不認識的人介紹產品，這樣忙碌的生活也讓小趙在前面幾年慢慢的存到了第一桶金。

一天下午，小趙因爲一位客戶突然取消了相約的緣故，讓小趙一個下午忽然間就空了下來；騎著車的小趙原先想要回公司去，卻像是冥冥之中有註定一樣，騎到了某一間廟附近，打算下車在便利商店買個喝的。

喝了一口飲料，小趙也順便抽了一口菸；看著天空慢慢有些烏雲，想著或許下午要下雨了，也許要快點趕回公司……

「請問……你是小趙嗎？」旁邊傳來了一位男性的聲音。

小趙轉過身去，發現是一位穿著黑色海青，戴著眼鏡，理著短髮，瘦瘦高高的男子；這位男子滿臉和藹可親的笑容，讓小趙一時之間認不出對方是誰。

「請問，您是哪一位？不好意思，我認人的臉比較弱。」小趙趕緊擺出營業員的笑容，腦海中努力想著眼前穿著佛教團體海青的男子，究竟是何方人物？

男子笑了笑，緩緩的說著：「也難怪你不認得了，我是和你在大學的時候曾經同寢室半年的阿瑋，後來我休學了。」

「阿瑋？」小趙盯著眼前的男子，仔細的觀看了一下後，驚訝的說著：「那個宅男阿瑋！哇咧！你怎麼改變這麼多！」

「是、是，我就是那位宅男阿瑋。」阿瑋滿臉笑容的回應著。

印象中，阿瑋雖然不算肥胖，卻也是有著一點肉的身材，每天疲累的表情讓人覺得看到就感覺「這個人在不高興什麼嗎？」，更別提到說笑容什麼的，一頭不整理的頭髮讓人覺得這個人不修邊幅誇張的程度，更是讓人不敢恭維。

現在阿瑋不但又瘦又高，臉上也擺滿了親切的笑容，短頭髮配上黑色海青，一點也沒有了當年宅男的氣息。

「你、你出家了嗎？怎麼穿著這種佛教的衣服？」小趙指著黑色的海青問著。

「我沒有出家啦。」阿瑋笑笑的回答：「這是佛教法會中正式穿著的衣服，質料又輕又涼爽，所以有法會我都會穿著這一套海青。」

天空突然下起了大雨，小趙看了看天空，感覺像是一時半刻還不會停；轉頭問著阿瑋：「這樣吧？我們找個地方一起喝杯咖啡，敘敘舊好嗎？」

阿瑋點點頭笑著說：「可以啊，那時候受了你們許多照顧，我也想要問問大家的近況呢。」

附近找了咖啡廳後，阿瑋也換下了海青，換回了一套乾淨的白襯衫，和小趙兩人開始說起了過去大學新生的種種回憶，阿瑋也是滿臉笑容的聊著。

「那一晚……到底發生了什麼事情？」小趙隱藏在內心中多年的祕密，終於有了機會可以問出來！

「那一晚啊。」阿瑋的笑容有些神祕，轉頭看了看外面下著大雨的街景，像是若有所思的考慮著，「……那一晚，可以說是我對於碟仙不尊敬的報應吧。」

阿瑋說出了當天的事情——

小胖將水漬刷淡了後，好一陣子阿瑋也都沒有再到浴室自言自語的情形發生，但是阿瑋那段時間睡眠也都睡不好，晚上都會作惡夢，長期這樣下來阿瑋的黑眼圈也越來越深，持續著常常翹課在寢室內玩線上遊戲、玩累就睡覺的不健康生活。

小胖貪吃又喜愛美食，常常和朋友或是同學到處尋訪美食；小趙和小陳則因爲同樣上的課大部分都重複，兩個人也時常很少回寢室……尤其又看到了當天浴室的狀況，兩人更是常常拖到真的要回去睡覺了才回去。

反正回去了寢室，阿瑋也都是在玩線上遊戲，說話又愛理不理的，回去寢室反而更悶。

那天阿瑋又在玩線上遊戲，在遊戲內打怪打裝備，這樣的生活已經完全取代了阿瑋的大學生活，不斷的不斷的重複著刷裝備和衝排名的日子。

阿瑋已經沉迷在遊戲中，身體越來越差，再加上遊戲進行的也不順利，接連的敗北和失誤讓阿瑋的排名強度已經大幅的落後，這讓阿瑋的心情惡劣到了極點，髒話接二連三的不停的罵。

「真的是有夠可惡的！」阿瑋大聲的罵了一聲，拿起滑鼠重重的摔下，角色又一次的失誤而陣亡，這讓阿瑋非常的不爽！

阿瑋在不高興時，猛然發現螢幕和滑鼠的中間電腦桌部分，似乎怪怪的？有一團黑黑的東西，像是在電腦桌的上面，阿瑋原先以為是髒東西還是垃圾，卻發現那一團黑黑的東西會動？難道是老鼠？

房間很灰暗，因為從下午就開始網路遊戲的阿瑋，打到了晚上都沒有停止過，除了偶而上個廁所外，其他時間都在進行遊戲；房間也沒有開燈，就只有靠螢幕透出來五光十色的光來照亮鍵盤。

「老鼠？」阿瑋又一次仔細的看向電腦桌，那一團黑黑的東西仍然在動。

下一秒鐘，阿瑋才真正的感受到恐懼。

黑色物體慢慢的出現在鍵盤和螢幕中間……是一顆很噁心的人頭，邊慢慢的旋轉邊從電腦桌中憑空出現；臉孔看起來已經乾枯，眼窟窿的地方流下了黑色的血水，嘴巴像是唸唸有詞的發出「喀答喀答」的聲響。

人頭從電腦桌中憑空的「浮出來」，不斷的顫抖瞪著阿瑋；那一瞬間阿瑋聞到了腐爛的味道，眼前乾枯人頭傳來的憤怒，讓阿瑋緊張到最高點，卻一點也動彈不得！

「啊……」阿瑋因為極度的恐懼，卻發不出聲音。

人頭顫抖了一小段時間，突然不再顫抖，卻像是抬起頭來，憤怒的瞪著阿瑋！接著張開噁心的嘴巴，那嘴巴張開的幅度和人類張口的幅度相比，更像是大了好幾倍！嘴巴內的牙齒又爛又黑，還不停冒著噁心的泡沫……

下一瞬間，人頭像是用力跳起，張開大口飛向阿瑋的臉！

阿瑋慘叫了一聲，身體連同椅子向後倒下！又恐懼又緊張的阿瑋爬起身，拿起椅子用力的朝人頭的方向摔去！有沒有打到人頭並不知道，只知道螢幕和電腦主機被打到冒出火花，「碰」的一聲螢幕整個碎裂！

阿瑋趕緊爬起身，打開了寢室的電燈；阿瑋驚魂未定的看著已經碎裂的電腦，認爲自己只是錯覺看錯了而已；轉個身卻發現人頭浮在半空中，正距離自己臉部不到十公分的距離看著自己。

人頭瞬間又衝向阿瑋！阿瑋眼前一黑倒地不起……

接下來就是小趙和小陳衝入寢室，將阿瑋送上了救護車。

阿瑋在醫院住了相當長的一段時間，只要談到了電腦或是遊戲，就會覺得恐懼而造成歇斯底里的現象；出院後的阿瑋有幾次只要看到電腦開機，就會發狂的尖叫，彷彿是人頭又接近了自己。

很長時間阿瑋過著這樣精神失常的日子，學校和工作也無法進行下去，兵役問題也被診斷出不適合當兵，往返於醫院和自己房間的日子不斷的循環著。

直到因緣際會下，阿瑋開始了修行佛法，知道了許多因果道理；誠心的發願並進行懺悔，慢慢的走出了這個陰霾，開始在佛教師父下進行一點工作，也開始了宗教的修行生活。

今天或許是因緣際會才和小趙說出了當年的事情，也算是彼此間的祕密也真相大白。

＊

小趙說完後將菸踩熄問我：「妳知道上一次某個佛教團體有採訪一個ＯＯ居士的專欄嗎？」

「嗯，我知道，有訪問那位ＯＯ居士發心作功德，自願將所得到的薪水一輩子都捐出一半嘛。」我對於那位居士的報導，多少還有印象。

「那位ＯＯ居士就是阿瑋，或許哪一天妳也可以親自問他看看。」小趙笑笑的對我說完，幾句寒暄後向我道別。

原來宅男認真，也可以成為很了不起的居士！我苦笑著想，應該是有發心發願的關係吧。

所以有些時候真的也不能太鐵齒，什麼危險的靈異遊戲，還是別玩的好！

最重要的是，我也是個時常使用電腦的人，如果哪一天電腦桌上也出現了人頭向我飛來，我又該怎麼辦呢？

還是不要胡思亂想吧！我邊苦笑邊打開了電腦，只希望腦海中的想像不要再出現了……

後話

我跪在佛堂，不停懺悔著。

在出這本書的稿子前，我就在心中一直懷著一種很抱歉的感覺；爲什麼抱歉呢？主要是這本書中有大半部以上，都是由真實故事所改編的。

人物或是名字爲了保護當事人，經過更改和改編或許沒問題；但是故事中這些真實例子的鬼神呢？我這樣寫會不會得罪到祂們呢？開始寫之後我就有點後悔：如果都用假的、杜撰的鬼故事，不就沒有這樣的煩惱了嗎？速度也能進行得比較快，就當作小說來寫就可以了嘛！

可是卻因爲一開始就收集了身邊朋友的許多靈異故事，挑選過後就用上了；爲了徵得這些提供經驗的朋友、同修同意，我幾乎也是一個一個問，得到了寫下的許可。

可是，故事中出現的『神鬼』，是否同意我來寫呢……我爲此苦惱了好一陣子；邊記下故事邊懺悔，心中的疙瘩也一直揮之不去。

尤其是在深夜寫稿時，多次有所『感應』：有感覺到有人站在我背後看我寫下故事，甚至在寫中篇的故事中，還清楚感受到，有位『先生』直接將祂的手放在我的肩膀上，深夜三點，讓我全身瞬間起了雞皮疙瘩……

還有一次，一樣深夜寫這本故事時，有清楚看到白衣女子就在我的書房向內看著、等我發現嚇到時，白衣女子也瞬間消失……

我將這種狀況告訴有在修行的居士朋友，原先想要獲得安慰或是什麼建議，沒想到朋友只是說「這樣妳天天都可以有人提供靈感，這樣很不錯啊」……

原本有點小介意，但是後來想一想，好像真的不錯，笑一笑就算了；有喜歡來看的就來看吧，不要嚇到我就好。

這本書的內容和人事物皆有經過改編，只希望故事經驗能夠分享，彼此尊重最重要。希望看這本書的各位讀者、能夠更加尊敬有形無形的眾生。

多做好事，保持正念正知見，願各位讀者身心安康。

▶ 有種來找我！你不敢看的鬼故事 （讀品讀者回函卡）

■ 謝謝您購買本書，請詳細填寫本卡各欄後寄回，我們每月將抽選一百名回函讀者寄出精美禮物，並享有生日當月購書優惠！
想知道更多更即時的消息，請搜尋“永續圖書粉絲團”

■ 您也可以使用傳真或是掃描圖檔寄回公司信箱，謝謝。
傳真電話：(02) 8647-3660　　信箱：yungjiuh@ms45.hinet.net

◆ 姓名：　　□男　□女　　□單身　□已婚

◆ 生日：　　□非會員　　□已是會員

◆ E-Mail：　　電話：(　)

◆ 地址：

◆ 學歷：□高中及以下　□專科或大學　□研究所以上　□其他

◆ 職業：□學生　□資訊　□製造　□行銷　□服務　□金融
□傳播　□公教　□軍警　□自由　□家管　□其他

◆ 閱讀嗜好：□兩性　□心理　□勵志　□傳記　□文學　□健康
□財經　□企管　□行銷　□休閒　□小說　□其他

◆ 您平均一年購書：□ 5本以下　□ 6～10本　□ 11～20本
□ 21～30本以下　□ 30本以上

◆ 購買此書的金額：

◆ 購自：　　市(縣)
□連鎖書店　□一般書局　□量販店　□超商　□書展
□郵購　□網路訂購　□其他

◆ 您購買此書的原因：□書名　□作者　□內容　□封面
□版面設計　□其他

◆ 建議改進：□內容　□封面　□版面設計　□其他
您的建議：

剪下後傳真、掃描或寄回至「22103新北市汐止區大同路三段194號9樓之1讀品文化收」